# 怪事连连

*On an Odd Note*

［英］杰拉尔德·克尔什 —— 著

郑国庆 —— 译

上海文艺出版社
上海故事会文化传媒有限公司

**编委会**

**总策划** 夏一鸣

**主　编** 黄禄善

**副主编** 高　健


**编辑成员**（按姓氏拼音为序）

蔡美凤　高　健　胡　捷

黄禄善　吴　艳　夏一鸣　杨怡君

# 名家导读

/田慧

田慧，上海大学英语语言文学硕士，浙江大学出版社编辑，副译审，中国翻译协会专家会员、英国皇家特许语言家学会高级会员，已出版《牛津惨案》（独译，上海文艺出版社，2022）、《双轮马车谜案》（独译，上海文艺出版社，2021）、《圣经的故事》（合译，花城出版社，2016）、《伍尔夫传》（合译，吉林时代文艺出版社，2016）、《堂吉诃德》（合译，花城出版社，2016）等多部译著。

杰拉尔德·克尔什（Gerald Kersh，1911—1968）是20世纪英国文坛一位独树一帜的作家。他一生共创作了四百多篇短篇小说、十九部长篇小说和上千篇文章，涉及长篇小说、短篇小说、文学评论、专栏文章、BBC广播剧、电影剧本等各种体裁，跨越犯罪小说、战争小说、科幻小说、悬疑小说、恐怖小说、奇幻小说、恐怖小说等多种流派，堪称当时通俗文坛最伟大的"怪人"、超现实主义者和流派实验者，有"现代爱伦·坡"之称。

作为第二次世界大战期间伦敦最畅销的作家之一，杰拉尔德曾有四部长篇小说跻身畅销书前十名，其中《亡命不夜城》更是在美国销售一百多万册，并两度被改编为电影。此外，他还为多家知名期刊撰稿，是《约翰·奥伦敦周刊》《阿戈西》《小人国》等流行文学杂志的中流砥柱。杰拉尔德在他那个时代备受尊敬，英国作家伊恩·弗莱明 (Ian Fleming, 1908—1964)、安吉拉·卡特 (Angela Carter, 1940—1992)、克里斯·佩蒂特 (Chris Petit, 1949—) 和伊恩·辛克莱 (Iain Sinclair, 1943—) 等都是他的仰慕者。

然而，或许由于文学潮流的变化，这位天才作家在去世后短短几年里就被文学界遗忘，迅速淡出人们的视野。好消息是，近年来，人们对这位久被遗忘的作家重新产生了兴趣，学者和读者都认识到他对英国文学的独特贡献，他的许多作品也得到了再版，使得新一代读者有机会重新探索这位天才作家留下的文学遗产。

1911 年，杰拉尔德出生于伦敦附近的泰晤士河畔特丁顿的一个犹太大家庭，错综复杂的家庭轶事与人际纠葛是他日后创作的重要素材之一。杰拉尔德从小酷爱阅读，也爱讲故事，并在很早就展露出写作天赋。他八岁开始创作，十三岁获得奖学金进入摄政街理工学院 (Regent Street Polytechnic，现威斯敏斯特大学) 学习。不过，桀骜不驯的他却中途辍学去闯荡世界，并立志成为作家。

他人生的一个重要的转折点发生在十八岁。他前往法国学习法语，并开始阅读左拉、巴尔扎克和雨果等作家作品，他们的自然主义和现实主义写作风格对他的写作产生了巨大的影响。和许多作家一样，在写作以外，他也干了很多活以求谋生：旅行推销员、摔跤手、酒吧招待、夜总会老板、电影院经理、银行家助理、法语教师，等等。对他而言，生活并非一帆风顺，他时常在夜晚偷溜进摄政公园，露宿在公园长椅上。20世纪30年代的伦敦为他提供了丰富的素材。他热爱伦敦西区的苏豪区，喜欢爵士乐俱乐部、咖啡文化，有时会在科文特里街的小店里彻夜写作或是倾听他人的故事。他是伦敦都市生活的记录者之一，他的长篇小说常以伦敦西区为背景，讲述小混混、街头妓女和后巷酒吧的故事。

1934年，他的第一部小说《没有耶和华的犹太人》出版，讲述了伦敦一个犹太家庭所经历的磨难。该书可谓是他的自传，书里充斥着犹太家庭里的争执、欺诈，宛若作家本人对家庭的控诉。然而，杰拉尔德的叔叔们和堂兄似乎在书中看到了自己的影子，他们不满于杰拉尔德的叙述，向其提起了刑事诽谤诉讼。诉讼不了了之，双方也互表悔意，但是紧张氛围仍在家族里弥漫。最后，这部命运多舛的小说只卖出了几本，不久就下架了。

1935年，杰拉尔德的第二部小说《热情狂潮》出版，但寂寂无闻。真正令杰拉尔德在文学界崭露头角的作品则是1937年出版的第三部作品《亡命不夜城》。小说以伦敦西区苏豪区的夜总会、摔跤俱乐部、情色生意场等城市阴暗角落为背景，描写了主人公哈里沉迷于自己的声誉和欲望，为了金钱不择手段，最后堕入深渊的道德悲剧。杰拉尔德以四万美金的价格出售了电影版权，这部小说曾两次被改编成同名电影，不过重要情节都被删减处理了。这部小说在美国销售了一百多万册，并促使作者后来移居美国。

除了创作长篇小说，他还为《信使报》《每日镜报》等撰写了大量短篇小说，在伦敦文坛颇有名气，其中一些短篇小说结集出版，名为《我有推荐》(1939)。这期间，他还写了很多犯罪主题的短篇小说，其中最有名的是以卡梅辛为主角的系列犯罪故事。

1940年，杰拉尔德志愿入伍，并在部队创作出根据亲身经历改编的长篇小说《穿着干净的靴子死去》(1941)，该小说讲述了一群新兵是如何被训练成为近卫兵的。该书一经出版便大获成功，成为战争期间最畅销的小说之一。与此同时，他还以"皮尔斯·英格兰"(Piers England)等笔名或真名在《每日先驱报》《人民报》上发表专栏文章和短篇小说。他还与人合作撰写纪录片《真正荣耀》(1945)的剧本，后来，这部战争纪录片获得了第18届奥斯卡金像奖最佳纪录长片的殊荣。

战后，杰拉尔德前往美国，并迅速在《时尚先生》《花花公子》《科利尔周刊》等知名杂志上"大放异彩"。这一次，使他获得关注的是短篇小说。战后，杰拉尔德相继出版了《布莱顿怪物》(1953)、《没有骨头的男人》(1955)、《杰拉尔德·克尔什短篇小说精华》(1960)、《夜影与诅咒》(1968)等十多部短篇小说集，囊括了恐怖、科幻、奇幻、侦探等各种流派的创作，无不精彩。其短篇小说《瓶子的秘密》荣膺1958年美国推理作家协会颁发的埃德加·爱伦·坡奖。

杰拉尔德在战后创作出了他最具思想性的长篇小说，然而在当时并未得到评论家的青睐。《一个午夜的前奏》(1947)是犯罪小说与推理小说融合的典范。《跳蚤之歌》(1948)则继承了《亡命不夜城》的衣钵。这两部小说都以伦敦为故事背景，探索了战后大都会的人性。《富勒斯终点站》(1957)是一部黑色喜剧杰作，描写了主人公丹尼尔·拉弗洛克大萧条时期在富勒斯终点站——伦敦最恶劣、最贫穷、被遗弃的角落谋求生计的故事。这部作品后来被认为是杰拉尔德最优秀的长篇作品，也是"20世纪最好的喜剧小说之一"。

晚年的杰拉尔德病痛缠身，备受债务问题困扰，名气也大不如前，作品销量随之陨落，或许是因为当时的评论界更欣赏那些注重实验叙述技巧而非讲故事的作家。1968年，杰拉尔德在纽约州金斯敦去世，享年57岁。

杰拉尔德的长篇小说和短篇小说风格迥异，各有千秋。其长篇小说往往以现实主义或自然主义笔触描写伦敦下层社会的生活，早期创作风格略似吉卜林，后期却倾向于狄更斯式的写作，尤其是晚期作品《富勒斯终点站》体现了狄更斯对其的影响。其短篇小说则脱离现实，充满异国情调和奇幻色彩，以天才般的狂野想象、尖酸的黑色幽默、荒诞古怪的人物、神秘黑暗的氛围、光怪陆离的故事情节而独树一帜，令人读之难忘。他的许多构思非常新颖，模糊了奇幻、科幻、悬疑和恐怖主题之间的界限，颇有爱伦·坡的风格，也有人将其比作后现代莫泊桑。

《怪事连连》是杰拉尔德在1958年出版的短篇小说集，共收录十三个篇目，各个篇目互相独立，融合了科幻、奇幻、恐怖、悬疑等多种元素，淋漓尽致地展现了杰拉尔德笔下独树一帜的怪诞世界，与爱伦·坡《述异集》颇有异曲同工之处。作家、批评家帕梅拉·汉斯福德·约翰逊（Pamela Johnson，1912—1981）如此评价这部小说："克尔什懂得讲故事，就这一点来说，没有人做得比他好。"编辑、批评家弗吉尼亚·柯克斯（Virginia Kirkus，1893—1980）称杰拉尔德是一位"奇怪又变态"的天才。

　　翻开这本薄薄的书，你能感受到杰拉尔德·克尔什古怪的思维和优美的文笔。作者是说故事的好手，奔放的想象力、刺人心肺的讽刺与令人意想不到的情节，足以给人留下令人难忘的印象。其中几个故事几乎可以说是被人遗忘的大师级短篇小说作品。

　　开篇《厄运之戒》引领读者走入一个神秘的世界。一枚神秘戒指出现在杂货店里，这枚戒指曾经给所佩戴的人带来厄运，唯一破解的方法是用高额的价钱将它买下。这枚戒指在不同的主人身上引发了一桩桩怪事，最后兜兜转转又回到了货商手里。叙述者听着杂货店商絮絮叨叨，讲述着各类怪事，但叙述者最终似乎明白了，这些怪事与这枚戒指没有必然的联系。不过是故事被货商吹得天花乱坠，而买家和读者"愿者上钩"，货商坐收渔翁之利。巧的是，读者能够在对话中发现，故事的叙述者也叫克尔什。与许多现代类型的短篇小说作家不同，杰拉尔德毫不犹豫地将自己作为叙述者插入故事之中，作者和叙事者两者的视角交错重叠。阅读这本小说集，仿佛你就在酒吧、咖啡馆，或某个雨中的欧洲小镇，克尔什坐在你身旁，你花了一个下午，听他娓娓道来各种趣闻轶事。

《一根绣花针》是另一篇值得关注的作品。一名女子被发现死在自己的床上，验尸官查出女子真正的死因，一根金眼绣花针从左耳穿过她的头骨，刺进了她的大脑。这名女子和她八岁的外甥女生活在一起，平时做些丝绸刺绣赚外快，而坎伯兰金眼绣花针是她喜欢的针。一根针是如何被人用超人的力量从外部钻入头骨？案发现场也没有被破坏或外人闯入的踪迹，警官们没有一点儿头绪，案件也陷入了僵局。在这个短篇里，杰拉尔德化身侦探，带领读者逐步侦破线索。原来真正的凶手并无他人，就在眼前。看似无辜的外甥女用最残忍的手法将自己的姑姑杀害，而凶案的"指导书"竟是一本儿童读物！犯下如此残忍的谋杀，小女孩却不以为意，甚至当场吃起了饼干，以天真模样瞒过了在场的所有人。故事情节出乎意料，读完仍令人战栗。至于更多细节，有待读者们在自己的阅读中慢慢发掘。

小说集中最精彩的故事莫过于《布莱顿怪物》。在萨塞克斯郡海岸上，有一个人气很旺的繁华的度假胜地，人称布莱特海姆斯通。一晚，渔民霍奇出海空手而归，回家路上却意外在海滩上发现了一只"男性人鱼"。那只"男性人鱼"从喉咙到脚踝处都覆盖着色彩鲜艳的奇形怪状的图案。"一只像蜥蜴一样绿、红、黄、蓝颜色相间的东西，盘踞在胸骨和肚脐之间。巨蛇盘绕在它的腿上。怪物的右臂上刺着一条红蓝相间的小蛇，蛇的尾巴盖住了食指,它的头藏在腋窝里。在它胸前的左手边,有一个火红的大心形图案。一只红绿相间的大鸟,像鹰一样展开翅膀,从一侧肩胛延伸到另一侧肩胛。一只红色的狐狸,从它的脊椎中间开始追赶着六只蓝兔子,追进了它两腿之间某个不知晓的隐藏之处。在它的左臂上有龙虾、鱼和昆虫,而在它的右臀部,有一只章鱼摊开四肢,用触角包围着它的下半身。它的右手背上,装饰着一只黄、红、靛、绿的蝴蝶。再往下,在喉咙中央,也就是骨头开始的地方,有一个奇怪的难以理解的邪恶符号"。这个怪物在当地引起了轰动,然而牧师却认为这只是一名落难的水手。牧师将怪物关押起来以作观察,可怜的"人鱼"病得很重。它吃得很少,拒绝喝盐水,更喜欢喝淡水或葡萄酒,吃熟食,厌恶生鱼和生肉。它甚至能发出类似人类说话的声音。这只"怪物"甚至给当地的渔民带来了厄运,与它接触过的两位渔民,一位在冲突中死亡,另一位被绞死。而这只"人鱼"最终逃回了海里,随后刮起了一场可怕的风暴,许多水手因此失去了生命。这只不明生物在当地居民的头上画了个问号,真正揭开谜底的则是叙述者。这个"人鱼"实际上是一位日本摔跤手,因为长崎事件流亡海外。这个可怜的人迫不得已与故土分离,来到异国他乡又被视为"怪物"。故事被悬疑和推理色彩的面具覆盖着,其内核可视为杰拉尔德对"流亡"这一主题的自我诠释。小说让人想起约瑟夫·康拉德(Joseph Conrad,1857—1924)的短篇小说《艾米·福斯特》(1901)。这部小说描写的是主人公杨柯·古拉尔的痛苦挣扎。古拉尔是个东欧的农民,赴美途中,他乘坐的船在英国海岸附近的海域遇难。杨柯之所以背井离乡,是因为在家乡他压力太大,几乎无法生存下去。美国,那个充满着希望的国度,他心驰神往,然而他最后却来到了英国。在英国,他忍受着痛苦,因为自己不会说当地的语言,受尽冷眼和误解。杨柯和杰拉尔德笔下的"人鱼"一样,最终都独自悲惨地走向灭亡,两者的故事都表达一个道理,即没有人能够真正做到相互沟通和相互理解。异乡人身处无人理解自己的社会,茕茕孑立,与坚实的土壤无缘,重返家园更是不可能,所能遭遇的是人们那冷酷无情的目光。短短一万字的篇幅中,杰拉尔德将流亡主题与人们面对他者所具有的猎巫恐惧融为一体,故事通俗易懂,却能够引向更深刻的哲学思辨,其文学功底可见一斑。

  这十三篇短篇体现了短篇小说的精炼,每一个故事都是一个谜团,每一页都蕴含着作者的深邃思考与创意构想,作者以娴熟的笔法将现实与幻想交织,情感与理性相互碰撞,将读者带入一个个充满未知的境地。叙述手法精妙,情节扣人心弦,读者能够在奇妙的心灵迷宫中产生文学奥秘的思考与探索。在这个忙碌的世界里,若能抽离短暂的片刻,沉浸于这些古怪离奇的故事里,一定能够感受到愉悦与满足。

## Contents

厄运之戒 1

冰冻美人 10

汤匙里的倒影 16

一根绣花针 34

难兄难弟 46

猪岛女王 56

不受尊崇的预言家 73

乞丐之石 95

布莱顿怪物 105

可怕的傀儡 126

密林追踪奇案 134

身穿黑衣的绅士 140

眼睛 146

## 厄运之戒

我坚持认为,齐斯卡先生凭着他那口吐莲花的三寸不烂之舌,足以出人头地。他以古玩和珠宝起家,做小本生意,买卖各种一文不值的地摊货,如浮雕胸针、印度手镯和大量半真半假的宝石。看在他那伶牙俐齿的分上,我过去常常在他那买些根本用不上的小玩意。在那间闷热的小店里,一个宝石胸针可没那么简单——正如他总说,它是非常特殊的胸针。克瑞朋大夫的妻子曾穿戴过它,而它是在一只鸵鸟的肚子里被发现的,它还曾愚弄过一位印度王公。有一次,他向我介绍一把刀尖断裂且锈迹斑斑的旧式西班牙刀,说那是夏洛特·科迪趁马拉特洗澡时行刺用的致命之刀,我差点就信了。他补充说,那把刀是左撇子用的，独一无二，机不可失。如此珍贵的历史遗物，只要五英镑，买到就是赚到。不要？四英镑十五先令。还嫌贵？四英镑。多少钱都不感兴趣？太可惜了，眼看着老朋友错过这样的好货。那这个珍贵的旧海泡石烟斗呢？这是埃米尔·左拉写《娜娜》时抽的烟斗——瞧，烟丝还粘在烟锅底上呢。一个文人不应该放弃抢购这件神圣的遗物吧。给别人要五英镑，给你只要三十五先令。不喜欢吗？这个烛台怎么样？它的主人是巴尔扎克。他就是用着这个烛台给乔治·桑照明开路，让她去赶公车……

他滔滔不绝，总是能把我玩弄于股掌之间。就这样，我拥有了拜伦勋爵的眼镜、贝多芬的镇尺、一把曾属于狮心王理查德的生锈矛头，以及一个保证带来好运的刻着星座的黄铜戒指。我从来没能把这些东西送出去。这个滑稽的小矮子有着人们常说的个人魅力。他说话时直瞪着你的眼睛，脸扭成一副可怕的模样。他穿着一件陈旧的双排扣礼服，声称那是理查德·瓦格纳穿过的，并且磨损的扣孔里总是别着一朵粉红色的兰花。他让人无法抗拒。

正是这位齐斯卡先生，编造了惊人的厄运之戒传说。他也是一时兴起。齐斯卡先生身上有种艺术家的气质。那些劣质小戒指和小别针会给佩戴的人带来好运的老套说辞，他早已厌倦，于是灵机一动，计上心来。事发时我就在现场。

他已经不再试着向我推销查尔斯·狄更斯钟爱的金牙签，只见他从托盘里拿取一枚金戒指，上面有一个和我拇指指甲一样大小的尖晶石印章，拙劣地刻着一些阿拉伯语铭文。他站在那里，眨着眼睛。我可以看出他在琢磨一些新鲜玩意，所以我说："毫无疑问，那是所罗门王的印章吧？"

他对我眨了眨眼，害羞地笑了笑，说："不，这不是所罗门的印章。朋友，这玩意叫作厄运之戒。"

"我想，它会带来好运？"

"小伙子，这你就错了。它不会带来好运，只会带来厄运。"他双眼发光，脸上的每条皱纹里都是笑意，笑声像那高兴的婴儿。

他继续说道："它会带来厄运。这就是为什么它被称为厄运之戒。它确实会带来非常糟糕的运气。铭文上写着：人的命运就是麻烦的一生。如果你很富有，它会让你一贫如洗。如果你很健康，它会使你疾病缠身。如果你还活着，它很快就会让你命丧黄泉。明白了吗？它是一位魔术师为萨拉丁时代的一位阿拉伯王子量身打造的。那位魔术师来自阿拉伯，心地非常坏。他在上面施了一个咒语，一个可怕的咒语。这就是为什么这枚戒指会带来厄运，和好运沾不上边，我发誓。给你个好价钱，二十五英镑。"

"你指望我花二十五英镑买它吗？"我说，"而且，它似乎对你也没有造成什么伤害。别扯了，齐斯卡先生！"

他怀着无限的耐心和一丝怜悯之情，举起手来让我安静："冷静，冷静，冷静！年轻人，听我说，长点见识。我还没有告诉你这枚戒指的迷人之处呢。这枚戒指对购买者不会造成任何伤害。卖它的人也不会受伤。我买了它，所以它不会伤害我。如果你买了它，它也不会伤害你。但是，如果你把这枚戒指送人，最可怕的厄运就会降落在得到戒指的那人头上。你明白吗？就是这么回事。这么明显，你不明白吗？阿拉伯王子爱上了一位公主，但公主却爱上了另一位王子。你明白了吗？这就是为什么王子花了大价钱请魔法师做了这枚戒指，并假装出于兄弟情谊，把戒指戴在情敌的手指上。三天后，情敌就被一头狮子吃掉了。而那位公主，那可怜的女孩，卧床心碎而死。于是乎，王子为自己的所作所为感到愧疚，他拿到了戒指并把它藏了起来。但一个大臣偷走了它。"

"后来呢？"我明知道齐斯卡在撒谎，还是接了茬。

"哎呀，偷来也是同样不吉利的。必须得花钱购买。这位大臣被强盗袭击了，他们割断了他的喉咙，偷走了他的戒指，然后把它卖给了阿勒波的一个商人。他们没花一分钱拿到戒指，因而也被逮住了，掉了脑袋。但是，商人把戒指卖给了一个年轻贵族，所以年轻贵族平安无事。他是花钱买来的。这位贵族试图讨好非常贪婪且恶毒的叔叔，便把戒指作为礼物送给了他。你信不信？在同一天，那个恶毒的老叔叔就从高高的屋顶摔了下来，脖子断了，而年轻的贵族继承了他的所有财产。这故事我说一天也说不完。二十五英镑如何？"

"我没有富有的叔叔，没有值得杀死的仇敌，也没有二十五英镑。"

"你是不是觉得我在说谎？"齐斯卡说。

"不，当然不是！"我辩解道。

"你就是这么想的，我明白了。你以为我是个骗子。你简直是在当着我的面说我是骗子。事实就是这样，我把你当朋友一样对待，我好意帮你，以二十五英镑的价格卖给你著名的厄运之戒，而你却觉得我是骗子，招摇撞骗的骗子。好得很！"

"不，不，我亲爱的齐斯卡先生，别这么想。"

为了安抚他，我不得不买了一个破裂的瓷质墨水壶——莎士比亚写《哈姆雷特》时用的墨水壶。

后来我听说齐斯卡先生把厄运之戒卖给了一位貌似热情却瘦骨嶙峋的女士，她说起话来咬牙切齿，黑眼圈因哭泣而肿胀。他如愿以偿地拿到了五十英镑。还算是合理的价格。这枚戒指值四五英镑，而他精心编造的传奇故事以大概四十五英镑的价钱卖出去，算是相当便宜了。

我向齐斯卡先生表示祝贺，而后便忘了此事。直到在周日报纸上读到一篇耸人听闻的专题文章，我又想起了它。文章题为"死亡宝石"，写的是各种知名不吉利的宝石，内容多虚少实，真假参半。我们大多都曾读过类似的东西。这篇文章有很多插图，比如大蓝钻石、血红的红宝石、秘鲁翡翠，厄运之戒的照片放在最后。这个奇怪的尖晶石印章似乎有着险恶的历史。齐斯卡先生的故事就在里面，跟我在他店里听到的八九不离十。

作者写道：厄运之戒是命运多舛的梅斯夫人在一家名不见经传的廉价小珠宝店里发现的。梅斯夫人相信这颗可怕的宝石有奇异功能，于是她把戒指送给了不忠的情人。两天后，情人被她那嫉妒的丈夫逮到，她的丈夫拿着雕塑用的木槌打死了情敌。梅斯太太在法庭上讲述了这个故事，精神似乎有点错乱。她把厄运之戒卖给了一位好奇的城市商业区的生意人，这位商人向她承诺，如果没收到钱，他决不会把戒指送人，一天下午，他在斯威廷餐厅友好地拍了拍他伙伴的后背，把戒指给了他。

这位商人的倒霉伙伴戴上戒指还不到一个小时，便在齐普赛街被一辆重型卡车碾过，当场死亡。事实上，他是在醉醺醺的情况下摇摇晃晃地走下路沿，但不得不承认，这件事看起来十分罕见。他以前从没遇上这种事。

这枚戒指，连同他的其他财物，落入一个一无是处的年轻人手中。他挥霍无度，伪造了七张支票，然后被送进了监狱，因急性肺炎死于监狱。

届时，当铺老板已经将厄运之戒视为无人赎回的典当品，对其大肆宣传。一位美国人花了一大笔钱买下了它，成为他怪奇古玩收藏中的一员。一个窃贼偷走了那些藏品，被警察拦住时拔出了枪。小偷开枪击中了警察的肩膀，但警察开枪击中了他的腹部，几个小时后他就身亡，戒指又回到了买家手中。然而，一天晚上，美国买家的女儿和几个朋友一起喝着自制的杜松子酒，从她父亲的私人收藏里拿出了戒指，醉酒后胆大妄为，把它戴在手指上。文章的作者说，她蔑视厄运之戒。

聚会继续进行。黎明时分，他的女儿几乎站不稳，执意要开大功力的跑车出去兜风。她说她需要呼吸新鲜空气。她在高速公路上以每小时七十英里的速度曲折前进，在一个急弯处操作失误，车毁人亡，一命呜呼。

这位失去亲人悲伤欲绝的父亲以一美分的价格，将厄运之戒卖给了一位来自底特律的百万富翁，从此开始信奉天主教。

现在，厄运之戒又一次出现在市场上。美国遭遇了大萧条，这位来自底特律的百万富翁在经济拮据的情况下，把他收藏的珠宝卖给了经销商托蒂拉。托蒂拉正在盘算着他能从这枚戒指里赚到多少钱，而前段时间我本可以在齐斯卡先生的店里花二十五英镑买到它。

两年多后，当我在皮卡迪利大街一个卖狗项圈的店外，吹着口哨走向一辆出租车时，一个举止特别优雅的年轻人拦住我说："对不起，你是克尔什先生,是吗?"

我说:"我确实是。"

"我想你不记得我了。"他说。

我说:"我的记性越来越差了。的确,我想我记不得你了。"

"提到齐斯卡这个名字,你能想起些什么来吗?"他问道,"我叫齐斯卡。我在我父亲的店里见过你。"

我说:"这么说,肯定的啦。你就是老齐斯卡的儿子吧?"

我们握了握手,上了同一辆出租车。我向年轻的齐斯卡先生打听他父亲的近况。他叹了口气,说:"我已经接管了生意,但我永远也不会成为他那样的人。他真了不起!那么有个性!真是个了不起的商人!当然,你知道的,做我们这一行必须要有好眼力。一个看不清事物的珠宝商还不如直接退休。爸爸他太出色了。不过,大约五年前,他那可怜的老眼睛就不好使了。他得了白内障,做了一次手术,从此再也回不到以前了。之后我接手了店铺。他太了不起了!我打赌,你一定还记得厄运之戒那笔买卖的趣事!"

"我还记得,"我说,"因为你父亲编故事的时候我正好在现场!"

年轻的齐斯卡先生说:"是的,我知道。我哪怕有老人一半的想象力也好,可我做不到。任何东西他都可以给你编个故事出来。我知道他一时兴起编个故事,就能把价值六便士的冒牌货卖出十英镑的价钱。

正如我所说，正是他编造的故事造就了厄运之戒的今天。他花了五十先令买了它，却卖了五十英镑。因为你是老朋友，现在我可以和你坦白，如果它值钱，它一定能卖到五万英镑。已经有人跟我报价四千英镑。"

"天啊，那你搞到手了吗？"我问道。

"是的，我从托蒂拉的手上花三千英镑买下来了。我知道我可以从中赚到四千英镑，所以就买了它。谁不会这么做呢？我知道这会让老人家开心的。他是个很棒的人。我想给他一个小惊喜，所以我把这颗厄运之戒带回了家，对他说：'你永远猜不到我手里有什么。'然后他问我有什么，我告诉了他，他非常高兴。他病得很重，而且已经有好几年了，我敢说你知道的。我对他说：'你听着，爸爸，你发明了它，你制造了它，你宣扬了它，你用它创造了奇迹；你从一个装满垃圾的箱子里挑选了一块分文不值的尖晶石，并凭借自己的才能将其变成了一处房产，现在它价值不菲了。我把它作为礼物送给你。'接着，他问我花了多少钱，我告诉他三千英镑，他把戒指戴在小小的手指上，从床上坐了起来，大喊一声'哦咦'，然后就断了气。他死于心力衰竭，把我吓坏了。他当初买到它只花了五十先令。他是个了不起的人。我们到哪里了，沙夫茨伯里大街？我在这里下车吧。很高兴能再次见到你。再见！"

# 冰冻美人

我相信这个故事吗?

我不知道。我是从一位俄罗斯医学博士那里听来的。他发誓,这件事情的某些方面,听上去令人难以置信。他在很多个午夜时分,思考良久,却毫无头绪。

"根据科学认知,这是不可能的,"他说,"但科学认知也有非常不确定的东西。我们对生与死,以及我们称之为灵魂的东西,就所知甚少。甚至对于睡眠,我们也一无所知。

"对于这个发生在永恒霜冻地带的疯狂故事,我已厌倦了去想它了。

"永恒霜冻地带在西伯利亚。自从万物诞生以来,这里一直很冷,冷得要命。这是很怪异的气候现象。

"你知道吗?世界上很多象牙都产自那里。猛犸象牙——已经死了一万年的史前长毛象的象牙。

"有时,在那里挖掘的人会挖到保存完好的猛犸象尸体,它们在永恒霜冻地带这个永久天然冰箱中保存了一百个世纪后,仍然新鲜,可以食用。

"最近,就在希特勒入侵之前,苏联科学家在雪下发现了一个马厩,里面有站着的马,站在那里冻僵了。这些马属于一个被遗忘的部落,这个部落在猛犸象时代就在那里消失了。

"自古以来,那里就有人居住,但大雪把他们吞没了。科学所知就只有这么多。但至于我要告诉你的这件事,只有上帝知道——"

我没有足够的篇幅,来描述这位良医1919年是如何在永恒霜冻地带迷路的。失宠于布尔什维克的他,做了一次疯狂的冒险,穿越西伯利亚前往加拿大。在那可怕的冰天雪地中的一个隐蔽山谷里,他发现了一间小屋。

"……我敲了敲门,一个人走了过来。他衣衫褴褛,像一只粗野的熊,但却是一个金发碧眼的俄罗斯人。他让我进去。小屋内满是烟,悬挂着捕兽夹子和毛皮动物的毛皮。

"在西伯利亚,人们冬季睡在砖炉上。在砖炉上躺着一个女人,纹丝不动。我从来没有看过一张像她那样的脸。那是一张古铜色的脸，清秀、宽阔、健壮。我无法确定那张脸的种族类型。脸颊上有一些看起来像蓝色刺青的图案，耳朵上还戴着耳环。

"'她睡着了吗？'我问道。主人回答说：'是的，她永远地睡着了。'我说：'我是一名医生。'他回答道：'你来得太迟了。'

"那个男人面无表情。也许是因为这个地方太过寂寞，他已经疯了？很快他就告诉了我这个女人的故事。他用简短的语句，讲述了一个很简单的故事。

"男人说：'我在这里住了一辈子。我想我五十岁了，我不喜欢身边有人。

"'大约十五……不，十六年前我做了一次长途旅行。我在猎狼，卖它们的毛皮。我走了很远，走了七天的路程。然后遇到了一场暴风雨。我运气好。我发现了一块大岩石，就躲在它后面避风。我等了一整夜。天亮了。我准备出发。这时我发现了一些情况。

"'暴风雨把一个地方的地面撕裂了，我想我看到了木头。我踢了它一脚，又用斧头击打它。它确实是木头。木头破碎了，地面出现了一个洞。

"'我做了一个火把，投进了洞里。火把燃烧着，里面的空气没有毒。我拿着灯，祈祷了一会儿，就跳入了洞中。

"'这是一个很长的屋子，里面又冷又干。我借着灯光看到有马匹。

它们全都站在那里，一动也不动。一匹马嘴里叼着干草什么的，也许是苔藓。地板上有一只老鼠，在奔跑的过程中冻僵了。这个地方一定是突然遭遇了某种奇怪的事情，比如一场骤然而至的酷寒，一场如同让那些大象永远埋在了雪下的酷寒。

"'我继续走着。我是一个勇敢的人，但这个地方却让我害怕。

"'马厩旁边是一个房间。房间里有五个人。他们在用手抓肉吃。但是，袭来的严寒使他们僵住了，他们是坐着的，有一个人的手几乎含在嘴里，另一个人拿着青铜制的刀。这一定是一场突如其来的严寒，就像死亡天使路过一样。地上躺着两条狗，也冻僵了。

"'隔壁房间的地上除了一堆毛皮，什么也没有。坐在毛皮堆上的是一个小女孩，大概十岁吧。很久以前，她还在哭。她的脸颊上有两块圆圆的小冰块，手里拿着一个用一块骨头和一块旧毛皮做成的玩具娃娃。死亡之寒来袭时，她正在玩这个玩具娃娃。

"'我想要更多的光亮。有一块烧过的石头，是生火的地方。

"'我瞧瞧四周。我认为在有马的地方，一定会有饲料。确实，有一种褐色的干苔藓。那个地方的空气很干燥！但是很冷！

"'我拿了一些苔藓走向石头，把它放在石头上点燃了。它燃烧了起来，火光亮堂，但有一股强烈的气味。火堆让周围热起来。因为房间之间没有真正的墙壁，火光正好穿透了整个大大的屋子。

"'我朝周围看了看,没有什么值得带走的东西。只有一把青铜制的斧头,我拿上了。还有一把刀,也是青铜做的,做工粗糙,但我还是把它别在了腰带上。

"'我回到堆放着毛皮的房间,火在熊熊燃烧着。我用手摸了摸毛皮。它们不怎么好,我不想带走,但有一块毛皮我从未见过,是一种灰熊皮,非常粗糙。我想,坐在餐桌边的这些男人,很久以前一定都曾是身强体壮的好猎手。他们比你我块头都大,肩膀像鞑靼摔跤手。但他们再也动不了。

"'我站在那里,准备离去。这个地方有些我不喜欢的东西。它对我来说太奇怪了。如果霜冻下有大象,那么为什么没有人呢?大象只是动物。而人呢,人就是人。

"'但就在我转过身来准备离去时,我看到了让我的心如鸟困网中怦怦直跳的东西。不知怎么,我在注视着那个小女孩。

"'看到她一个人孤零零地在那个房间里,没有女人照顾她,我心生怜悯。

"'所有的光和热都映照在她身上,我想我看到她睁开了眼睛!那是火光在摇曳吗?她的眼睛睁得更大了。我害怕了,赶紧跑开。然后我停下了脚步。万一她还活着呢?我想,不对,应该是热量使她苏醒了。

"'我还是折返回去,重新看了一遍。也许,我正在身临梦境,但她的脸微微一动。尽管我很害怕,但我还是把她抱在怀里,带着她爬出了那个地方。当我离开时,没过多久,我看到地面开始塌陷。热量已经融化了把屋子凝结在一起的冰。

"'我把小女孩裹在我的大衣里,离开了。不,我不是在做梦。这是千真万确的。

"'我不知道怎么回事。她动了,她活了,她哭了。我给她食物,她吃了。

"'先生,那就是她,在那边。她就像我的女儿。我教她说话、缝纫、做饭,什么都教。

"'你说,成千上万年来,她一直被冻在雪下。这是不可能的,也许是一种特殊的严寒降临了。谁知道呢?我只知道,我在那儿发现了她,把她带走了。她已经和我在一起生活十五年了——不,十六年了。

"'先生,我爱她。她是我在这个世界上唯一的爱。她在我身边长大,但现在她又睡着了。'"

医生突然停了下来。

"故事到此为止。"医生说,"毫无疑问,那人疯了。一个小时后我离开了。我也外出旅行过,但我发誓,她的脸和我以前见过的都不一样。有些生物可以在假死冰冻多年的状态下存活。不,不,不,这完全不可能!然而,不知为什么,我心里是相信的!"

## 汤匙里的倒影

我记得这一切发生在一个阴冷的北方餐馆里。一个讨人厌的侍者,带着一丝嘲讽地扭着脸,重重地把一盘汤放在我面前,灰蒙蒙的汤水上漂浮着些松软的东西,他回头大声说,我后面还可以点午餐肉或煮腌鳕鱼和球芽甘蓝。我回答说,我还需要一只汤匙。于是他拿了一个汤匙,在他裤子上擦了擦,"当啷"一声扔了过来,然后失望地耸耸肩走了。这是一只硕大的汤匙,有几盎司重,镀着厚厚的镀层,上面印着字母,是过去美好而坚实日子的遗留品。我把它翻过来,看到汤匙柄上刻着吉诺的亲笔签名。

吉诺的名字,写得龙飞凤舞,看起来很像吉诺本人的个性:G的圆圈和卷曲的尾巴是鼻子和胡子,向下伸展的 ino 字母是他这个高贵餐厅老板下垂的下唇和胖下巴。我猜想他的银器已经被拍卖了,那些过去在吉诺的长酒吧里,看起来醒目的黄铜配件和简朴的圆镜,已经不知去向。我知道,吉诺已经变成了他讨厌的灰尘和他所爱的花朵——他总是喜欢拍打灰尘或插花——但他打造的这餐馆代代相传下来。当吉诺 1933 年死于心脏肥大时,这家餐馆便开始衰败了。我一直认为,对于一个开餐馆的人来说,他的野心太大了,大得危险。没错,这个地方衰落了,从一个老板转手到另一个老板,直到 1940 年一枚炸弹让它关门歇业。因为吉诺的好人缘,酒吧一直生意兴隆——他是个好人,聪明善良;陷入困境的人们都会去找吉诺求助,如同迷路的狗在寒冷荒凉的夜晚,会去找看守人的火堆。时过境迁,物品会磨损,会破碎……

"你不喜欢这汤吗?"侍者伸出拇指鄙视地指着我面前的汤,咕哝道。

我说:"我在你这里看到有可怜的老吉诺的银器。"

"你认识他吗?"

"他是我的朋友。"我说,"他让我赊过账。"侍者神情变了。他站了起来,变得更加高大。他微笑了,变得友好起来。他轻声说道:"待会儿我给你拿两块上好的小羊排。"我们相视一笑。我很感动,尽管吉诺已经死了,运土车已经把他房子的瓦砾运走了,但承蒙上帝的恩典,他那颗慷慨博大的心并没有停止跳动。侍者说:"他很有耐心。我的天哪,面对那些让我碰上都会发疯的事情,吉诺先生只会说声,哦,我的上帝!你还记得那个脸上有疤,自称'伯爵夫人'的黄头发女人吗?"

"吉诺对她很有耐心,"我说,"可怜的女人。"侍者眨了眨眼说:"别喝那个破玩意,我去给你拿两块上好的小羊排,你吃起来更香,对吧?""好的。"我说。他穿着发亮的黑色衣服,像海豹拍打着翅膀,迈着他那又大又平的脚离去了。

伯爵夫人是一位美丽的贵妇,但当我见到她时,出现在眼前的只不过是一个傍晚时分瘦削的身影。她左颧骨上的一个小伤疤,使她的脸格外引人注目,让人联想起它曾经的美丽,就像声音留下的回声。然而,她的黄头发尽管有些凌乱,但没有人否认她的贵妇身份。你有没有见过空袭后摇摇欲坠的废墟?比如卧室的墙壁,虽然已经无法修复,但还残留着当初精挑细选过的壁纸的碎片。你知道,尽管爆炸过后,它可怜地暴露在雨中,但它有过备受人们喜爱的风光日子,曾见证过某些高光时刻。伯爵夫人就如同这样一片废墟。

她每个月第一天身上总有八英镑左右的一笔钱。这个时候她是一位了不起的女士,乐意分担世界上所有人的烦恼。在大约两天的时间里,她给陌生人送饮料,给乞丐施舍钱。到了第五天,她会独自一人,抽搐着,抑郁地看着面前的小杯子,设法在有人捐赠之前,保持杯子不会空空如也。在接下来的三个星期里，你就会看到，她每天都在饥渴的边缘挣扎，真是太可怕了。这时，吉诺就会迎着酒保的目光，看起来又累又烦地点点头。他点头的意思是说：让她赊账吧。他坚持要让她吃上点东西。有时他会哄她说："伯爵夫人，我要特地为您做一点东西，不为任何人，不为所有人，仅供您享用。"她总是轻蔑地说："这不关我的事。我对你的东西不感兴趣。"

"如果我做了，伯爵夫人能不能客气一点，说一声：'我尝尝？'"

"很好，不过你得给我兑现一张支票。"

"这里有一个牛排，首先我想听听您的高见。其他人无法辨别和评判，这件事非您莫属。请赐您的高见。"

于是她吃了起来。

至于她的账单，吉诺把它记在酒吧开支上，如俗话所说：先记账，后勾销。知道了这一点，伯爵夫人变得越来越任性，越来越傲慢，令人难以忍受。她怎么能承认她在接受施舍呢？这根本不可能。"嘲笑我吧，现在就笑话我吧！"她会哭起来，眼里泪光闪闪。她无法面对刽子手们冷嘲热讽的白眼："嘲笑我吧，想笑就笑吧，但我要说，就在前不久，我甚至可以一口气买下十几个吉诺酒吧！"对此，吉诺总是回答说："亲爱的夫人，我根本不会卖，根本不会。"

我最后一次见到她时，她正想兑现一张支票。"九月几号？"她问道，用一支小型钢笔,在一张皱巴巴的蓝色纸片上的日期栏划拉着。一位体面的旁观者说:"四号,夫人,九月四号。"

"当然是四号,我清清楚楚记得是四号。我用不着你来告诉我……吉诺,你把我的支票兑现两英镑好吗?"吉诺给了她两英镑,她合上脏兮兮的支票本,把它塞回了包里。她瞪了他一眼,尖叫道:"你这个贼!你竟敢偷看我的包?"

吉诺喃喃自语地说:"说话客气一点,把你的支票收起来吧。朋友之间,讲究诚信。收起来,收起来吧!"他知道她的支票分文不值,它们总是会原路返回。她摇摇一头雾水的脑袋,还想继续写下去,说道:"四号?哪个月的?九月……九月四号……"

我听到吉诺喃喃自语:"哦,上帝善待我吧!大海是如此宽阔,而我的船是如此微小!"但是,伯爵夫人摇晃着她一文不值的支票簿,带着令人讨厌的挑衅口吻,冷笑说道:"我要给你们说件事。我十四岁的时候,帕普努提乌斯和尚盯着我的眼睛,说道:'你会背叛他人,也将被人背叛,你不爱的人将爱上你,你也会把你的爱献给不爱你的人!你将为你自己的受害者复仇,你将掌握一个东方帝国的命运!'你和你那两英镑臭钱——"

酒吧里座无虚席。吉诺说:"亲爱的夫人,我们总是欢迎你到来,但你现在很兴奋,你最好去休息一下吧。"她眼泪就要流下了,她喊道:

"不久前，我可以让这个家伙替我擦鞋，他还会感到万分荣幸！"但她走了出去，推旋转门时用力过猛，旋转门响了十五声。

几秒钟后，我们听到一个女人的尖叫声，刺耳的刹车声，还有金属和玻璃的撞击声。大家互相对视着。门又转了过来，转得很慢，伯爵夫人脸色煞白，浑身颤抖着回来了。"它差点就撞上我了。"她说。

跟在她后面进来的侍者说，她的命差一丁点就要没了。她刚走下人行道，一辆超速行驶的汽车飞奔而来。这辆汽车为了躲避她而急速转弯，冲过街道撞到了对面栏杆上。伯爵夫人要点一杯饮料。吉诺对侍者摇摇头，说道："不，亲爱的夫人，一切都结束了。为了给你压惊，我最后陪你喝一杯，从此靠上帝保佑你了！你再也别来这里了。"她哭着说："帕普努提乌斯和尚盯着我的眼睛……而我，统治着一个东方帝国，有人竟然这样对我说话，噢……"吉诺点了点头，说："是的，伯爵夫人，即使是你，看在上帝的分上，再见了。你拥有一个帝国，我有营业执照要做生意，适可而止吧。"她提着旧式手提包无精打采地走了。吉诺说："和尚！眼睛！帝国！执照！我希望万能的上帝，让我成为一个可以悠闲地坐在旗杆顶端的美国人。"

从此，我再也没见过伯爵夫人。

侍者端着羊排回来了。羊排外焦里嫩。邻桌的一个男人跺着脚，用刀柄敲打面包皮发出可怕的声音时，侍者也毫不关心。他谈起了吉诺，说他曾经是一个多么了不起的人。

他说:"除了有时会讨厌个别人以外,他总是喜欢和每个人打交道。"这时经理来了,差点把他拉走。

我知道有个吉诺不喜欢的人。他是一个来自巴尔干半岛的恶棍,一只手臂萎缩的人。他总是会有东西可以出售——比如说,一块丝绸手帕,上面印着别人姓名的字母组合;或一支钢笔,今天好端端的,第二天写起来字就会歪斜,这些东西上谁的名字都有,就是不会出现他自己的名字。他叫斯塔夫罗,是一个肆无忌惮的恶棍,一个不折不扣的流氓,一个职业骗子。他的右手和手臂躯体弯曲,形状好似一条疲惫的响尾蛇。这种畸形似乎是最近受伤造成的。在吉诺去世的那年春天,我第一次见到他,他的手臂用一条黑色的丝绸吊带悬挂在胸前,神情憔悴,看起来像一直在忍受着疼痛。即便如此,他长得黝黑,像一头美洲狮,帅气十足。从他身上,人们感觉到那种对女人诱惑十足的男性气概。希望上帝会怜悯那些因迷恋而落入他手中的女人,因为斯塔夫罗根本不会怜香惜玉。

他的眼睛又黑又亮,我从未见过比那更为冷酷的眼睛。他个子不高,但身材匀称,有点像穿背心的大力神。他对衣着和举止都很讲究,声音温柔,但在打打杀杀的地方无疑是个危险角色。对吉诺来说,这是个一见面就会憎恨的人,我也莫名其妙地讨厌他。斯塔夫罗用一种令人不安的方式看着你——他凝视着你的眼睛,像一个变态或一只正在观察的猫一样,目光呆滞。他取火柴和香烟时似乎遇到了麻烦,我主动给他点烟。他彬彬有礼地向我表达谢意,并说:"这只胳膊,没有什么大不了的。我双手几乎一样灵巧。我甚至可以用左手写字,你看……"

他拿出一支又粗又绿的钢笔,用他洁白的牙齿拧开笔帽,在大理石台面的桌子上,潦草地写下:斯塔夫罗。

"——你喜欢我的钢笔吗?"他问道。

"这支笔非常漂亮。"

"如果你想要的话,花两英镑就可以拿走。我花了三个基尼金币买的。"当然,他在撒谎,他不是那种会花大价钱买东西的人。我想知道他以什么为生,得出的结论是,他在黑社会边缘从事危险的营生,靠赊欠购得货物,然后迅速转手换取现金,顺手牵羊拿走别人的行李……行动快速,寂静无声,难以捉摸,像一个变魔法的隐形人,行踪飘忽不定,最好谁都别搭理他。后来吉诺说:"我是一个老人,而你还年轻。请允许我提醒你,离那个坏家伙远点。他专干坏事,是一个浮夸的人。"他指的是"皮条客",这话也没有说错多少。

斯塔夫罗自鸣得意地继续吹嘘道:"我的左手和右手一样灵巧,我给你露一手。你认识的人里,能做这一点的人不多。"

他从马甲口袋里掏出一把雅致的镶嵌着珍珠的银质水果刀，用两个手指和牙齿打开它，转身指着两码外的一个小木牌，木牌上面用优雅的涂金字母宣传着某人的高地威士忌。

"你更喜欢哪一种？高地威士忌 Highland 单词中 i 上面的圆点，还是 Whisky 中 i 上面的圆点？"我不明白他是什么意思。他解释道，"我选 Highland 中 i 上面的圆点。"然后，他用有力的手指随意一挥，刀光一闪，刀尖已经没入他指定的圆点中心。"该请我喝一杯吧？"他问道，一边把刀收起放好。我说确实该请他，我请他喝了一杯饮料。最后我还买了他的钢笔。

有几个星期，斯塔夫罗经常光顾吉诺的酒吧。他的手臂已经没有挂在吊带上，但永久性地扭曲了，像爬行动物的肢体一样下垂着。他告诉我，他那只手臂上所有的肌腱和肌肉都已被砍碎，他再也不会使用那只手臂了。他缠上了我，也缠其他人。当吉诺叫他走开时，我并不感到遗憾。一天早上，斯塔夫罗进来时，吉诺说："不，你再也不要来这里了。出去，别进来。我不想你出现在我的酒吧里……为什么？因为，首先，我不喜欢你那张脸，其次，你把好人都赶走了。请便吧。"斯塔夫罗嘴角微微一笑，用眼睛狠狠瞥了吉诺一眼，鞠躬后走了出去。奇怪的是，想到吉诺，我竟然想起了这两位唯一被吉诺客客气气地从他酒吧赶走的客户。我哀悼吉诺，联想起了他的对头，真的奇怪。

正如我所说，我再也没有见过伯爵夫人，但大约是在十二年后，我确实又见过斯塔夫罗一次。他变了，所以我几乎有些可怜他了。尽管他仍然衣着优雅，举止端庄，就像个绅士一样，但他已经发福。他猫科动物般轻盈灵活的魅力，消失殆尽，被他额外多出来的一百磅赘肉取代了。我先是看见他的右臂认出了他，右臂仍然萎缩无力，然后是他的眼睛，眼睛仍然明亮又透着邪恶。他凭着他那骗子的记忆，立刻想起了我，向我打招呼，就好像我们一两天前才分手一样。他问我钢笔使用如何。十年前，我把它送人了，诅咒自己当时被忽悠而买下了它。我告诉了他，他笑了，然后我们去附近的一家酒吧喝了一杯雪利酒。

我从镜子里看斯塔夫罗，就像珀尔修斯看着蛇发女怪邪恶的脸一样，我突然想到，虽然有些高人可能还没有等来自己的高光时刻，便含恨离开人世了，但这个肥胖的骗子注定在他坏事还没有做绝的时候，就会走向坟墓。这个想法使我产生了一种奇怪的平静感。那时我就知道，上帝和魔鬼是并存的。我对斯塔夫罗说："两英镑够了吗？"他看着我，惊讶得目瞪口呆。"你是说你要给我钱？"他问道。"男人之间不记仇。"我说。他很感动。他接过钱，用其中一张纸币给我买了一杯酒，然后把零钱放进了他的口袋里。他说："我接受你的钱，是冲着你主动给我。我喜欢人与人之间的开放和坦诚。"他天生就是个骗子。他继续说道，

"看在这两英镑的分上,我要给你价值两千英镑的东西。我给你讲讲我自己的故事吧。"斯塔夫罗满怀期待地看着我,用他那只正常的手做了一个保护性的手势,好像他担心我会被他的大气量所惊吓和震撼。但是,他看见我打起了精神,他就直接竹筒倒豆子般说起了他的过往。

他确实是一个非常坏的人,比我猜想到的还要坏。除了偷鸡摸狗这些事情外,他还曾是一名职业杀手,受雇于巴尔干地区的某个政治谋杀协会。我知道这个人是个骗子,但他的话听起来像是真的一样。例如,我想起了他第一次引起我兴趣的可怕的小把戏,就是用刀玩的把戏。他告诉我,他不是政治暗杀的策划人之一,他只是执行人、代理人。例如,他可能会和几个喽啰一起出动,也许,他可能会训练和武装一个像普林西普这样的男孩去动手,就是那个开枪引发了第一次世界大战的疯狂学生。斯塔夫罗与普林西普毫无关系,但他也卷入了类似的事件。有几个先生在巴尔干半岛大名鼎鼎(在西欧从来没有听说过),就是死在了斯塔夫罗手上。事关重大的行动,他会亲自出马,用致命的右眼和可怕的右手,大开杀戒。

他挥枪瞄准就如同你我伸伸手指一样简单,而且从来都是弹无虚发。他心静如水,并不是他无所畏惧,而是他缺乏感受恐惧的能力,就像他无法理解怜悯的含义一样。如果需要折磨某人,斯塔夫罗会非常冷静地折磨他。他不是虐待狂,他不会从制造痛苦中感受到乐趣——

对于他来说，这些都是生意上的事。我相信，他告诉我这一切的时候，他心里想到，周日报纸会为他的故事付给我一笔丰厚的费用，他可以从中拿到一笔提成。他开始侃侃而谈，几乎口若悬河。他冷淡地眨了眨眼，告诉我，他非常清楚，没有爱情，生活便没有意义。如果我想要爱情，上帝，他丰富多彩的爱情经历会让我惊叹和难堪：他就是丘比特，情场上一个所向披靡的枪手。

他说："亲爱的朋友，我告诉你，我身上对女人来说有一种吸引力，我吸引女人，就像磁石吸铁一样。人们都说我是不可抗拒的。为什么？我会告诉你为什么。追女人，与狩猎野生动物差不多，通常情况下，它们听到你接近时发出的动静声，就会提前逃跑。遇到凶猛傲慢的动物，你激怒它们，它们就朝你扑过来想要打败你，如果你眼睛明亮、头脑冷静、自信满满，扑过来的动物就落入你的手中，等于自投罗网。例如你遇到的是害羞和迷茫的动物，你就要具备一定的优势……测好风向，悄悄逼近，但那已经无关紧要了。

"我成功捕获的几乎都是野性凶猛的女人，就像莎士比亚说的，唤醒狮子比追逐兔子，肯定给人带来更多的满足感。我想他说的是，更加热血沸腾。我猎杀大型野生动物——刺激它们，撩拨它们；必要时甚至伤害它们。撩起了它的兴趣，那长着利爪、嘴冒泡沫的动物就会从灌木丛里冒出来。可怜的家伙！它根本就不知道我在这里要给它致命一击，一点也不怕，我为它感到可怜。接着……砰一声，它就成了我书房的一块垫子。例如，在某个城市有一个女人，被称为'金女郎'，金色的头发，金色的皮肤，金色的眼睛，和金子一样好。我会告诉你细节。"

斯塔夫罗告诉了我细节。他说的那个女人是个名闻遐迩的美人，出身名门，嫁入了一个显赫家庭，她是她国家的宠儿。她那位贵族出身、对她爱慕有加的丈夫，在人们眼中是一个幸运儿，因为她始终保持着纯真。弗朗茨·约瑟夫皇帝试图引诱她，而她的贞洁是坚不可摧的。然而，斯塔夫罗设法成功破坏了她的贞洁。在金女郎这件事上，一定是因为对泥土的怀旧情感，有时候会影响到某些女性。不管怎样，斯塔夫罗成功了。这一丑闻骇人听闻。她的丈夫开枪自杀身亡。她苟且偷生，被人唾弃，离家出走，过着放荡不羁的生活，挥霍了大部分的钱财，在战争中，她失去了一切，陷入狼狈不堪的绝境。这是一个令人恶心的故事。

"故事不错吧，嗯？"斯塔夫罗说。

我没有搭理他。我再次在鼻孔里感觉到邪恶引燃时带来的硫黄般的刺激，它一直持续着，不知道什么时候会结束。斯塔夫罗继续说道："我告诉你所有这些事情，是因为我把你当作我的私人朋友。你不知道你借给我这笔钱，对我意味着什么。"

他摸了摸背心口袋："明天是我的生日，我生活中最糟糕的日子。从我出生的那天起，我所有的烦恼就开始了。如果我没有来到这个世界，我就不会有任何麻烦。在我十四岁生日那天，我无辜受到父亲的惩罚。在我十六岁生日的时候，我做了一件坏事，结果被发现了。在我十八岁生日的时候，发生了一件事之后，我不得不离开了家。在我二十岁生日的时候，我进了监狱，差点吃了枪子，侥幸逃过一劫。在我二十一岁生日那天，我冒着掉脑袋的风险，为泽多夫干了一件大事，结果肩膀中了两颗子弹，因为泽多夫吓破了胆，逃往了美国，我没有拿到一分钱。

"我一辈子都倒霉，而且总是在我生日那天走霉运。明天就是我生日。到时间，我会到一个安静的地方过生日，啥事不干。你的两英镑让我派上了用场：我将去伦敦附近的一个村庄，在床上度过我的生日。躺在床上我从来没有出过事。圣经说什么来着？'诅咒白昼……'什么的？诅咒白昼，诅咒黑夜……我不是一个文人。这只手臂，这只宝贝右手臂，也是我生日那天出的事，如今它就是截死木头，我也必须带进坟墓里去。顺便说一句，亲爱的朋友，还有另一个小事件，或许可以作为你讽刺幽默小说的材料。顺便说一句，我很抱歉卖给你那支钢笔，我会再给你搞一支更便宜且更好的笔。

"我心知肚明，如果我在生日那天要干大事，我就会遇到痛苦。但我没有办法逃避。我是执行马尔科的命令。我可以说，这是一件大活计，如果你认为有用，我到时告诉你每一个细节。你给了我好处，我要报答你，互不相欠。到时发表了作品，我们五五分成，假如说没有我给你提供素材，你拿什么去写呢？亲爱的朋友，你明白吗？站在你面前的我，斯塔夫罗，就是被指派去刺杀独裁者的人。我问你是否听说过灰狼穆斯达法·卡马尔·帕夏？我这样问你，你别不高兴。只有天晓得他是怎么死里逃生的。有人让我杀他，他是唯一逃出我掌心的人。如果我是个教徒，我会说是上帝安排要留他一命。也许你认为我在说谎，这里面大有赚头，算下来，光我那份就可以拿到三万英镑，我向你保证，情况就是这样。

"这次行动由马尔科一手组织。卡马尔肯定会在某个时间，出现在某个地点，他在那里露面的时候，就会有一位先生（离这里不到一百英里），用曼利夏运动步枪，把一颗半空心软头子弹射进他的脑袋。有一群人，实际是雇用了一群可靠的人，准备掩护我撤离。莎士比亚说，人皆有命。无论我们做什么，一切都掌握在命运之手。是'粗略完成目的'还是'如我们所愿打造'？我不是诗人。

"为了万无一失，一切都做了精心安排，亲爱的朋友，根本就不可能失手。我可以说，要是枪在我手里，我来瞄准，卡马尔就死定了。我的银行户头，不，我不在银行开户的，我是说我的保险箱里就有三万英镑了。我要赶上从维多利亚开来的海陆联运火车，为了双保险，我提前了半个小时动身。我一走出宾馆，我就意识到那天是我生日，突然就感到了恐惧。你明白我说的恐惧吧。

"我让司机万分小心开车，司机很听话，结果一只轮胎爆胎了。因为耽误了一些时间，重新出发，我们必须赶路，于是绕道查令十字走捷径，穿过一条空无一人的街道。你想发生什么了？哈！一个喝得醉醺醺的女人走下了人行道，我的司机猛打方向盘，一下撞上了马路对面教堂的护栏。我抬手保护我的眼睛，但冲击力把我这只手震出了窗外，玻璃把我的胳膊划出了一道伤口，我在医院里住了两个月，穆斯达法·卡马尔毫发无损，我的三万英镑泡了汤，我人也成了瘸子。这就是我每逢生日就倒霉的例子。"

我说："明天是你生日，也就是说你的生日是九月四日，对吧？"

斯塔夫罗点点头，说道："一点没错。"

我又给他买了一杯饮料。我问道："你听说过帕普努提乌斯主教吗？"

他的眼睛眯了起来："你为什么要问这个？"

我说："没什么。我亲爱的斯塔夫罗，我只是出于好奇，那位被称为'金女郎'的女士脸上有没有伤疤？"

斯塔夫罗神情紧张得像一只饿猫，紧紧地盯着我，说："在她的左脸颊上。那怎么啦？"

我回答说："没什么，没什么……"

……

侍者拿回一片透湿的馅饼，应付了那位不耐烦的客人后，并没有走开，对我说道："还有那个，吉诺先生不喜欢的另外那个人，那个手臂怪怪的家伙，想不想知道他后来怎么了？"

"斯塔夫罗？"

"对，斯塔夫罗。"

"他怎么啦？"

"报纸上有报道。警察在追捕这个手臂怪异的人，这个斯塔夫罗。于是他去了滑铁卢车站，要买一张去泰晤士河畔沃尔顿的车票，他掏出了一张一英镑纸币，这是一张坏的钞票。一张伪造的假钞。事情接二连三地发生了，最后他夺路而逃，砰一声迎头撞上了一辆汽车，一声巨响，斯塔夫罗完蛋了。他说的最后一句话是：'所以我的生日就这么过的？'"

"哈？"我说，"坏的？坏掉的钞票？"

"是的，就发生在他生日那天。喝咖啡吗，先生？"

"不，不喝咖啡。哦，就在他生日那天？"

付账之前，我把一英镑的钞票举到灯前看了看。"我要偷走吉诺的汤匙，你能看向别的方向吗？"我问道。

"我给你，拿去吧！"侍者一边说着，眼睛看向一侧，确定经理转过了身子，"那是什么？你在看什么？"

"我从来没有用过假钞。"我说，"零钱不用找了。"服务员笑了，我和他握了握手，就去赶火车了。

# 一根绣花针

先生，我认识的其他一些像我这个处境的人，早已到了严重的神经崩溃地步，失去理智了。他们拉着横幅之类的上街游行，大喊着："不公平！"好在谢天谢地，我一直都很稳重。我总能看到事物的另一面。所以，尽管我被不公正地开除了，但我仍然可以保持心态平衡。我可以看清我被不公正解雇背后的原因，一个劲地自责，怪自己老是管不住这张臭嘴。

事实上，你知道，我并不是真的被解雇了。有人告诉我，如果我想保住养老金，我最好以健康不佳为由辞职。我这样做了，我真是活该。如果我的证据没有得到证实，我就不应该胡言乱语。然而，无论是否有正当理由，怨恨都会以糟糕的方式结束，记住我的话。怨恨会导致偏见，这种偏见如果深入到一定程度，就等同于疯狂……你看，我先是参了军，在那里不时地就会遇到一些不公正的事情，我开始学会消化它们。因为如果你没有学会，它会让你沮丧，那么你就完蛋了。

如果三十年前我能聪明一点，我现在可能已经退休，领着督察的养老金了。只是因为在那个存疑裁决中，我一时糊涂，没有保持沉默。你看，我年轻犯傻，太过于急躁。

我迷恋上了一个女孩，急于提升自己的形象，你明白吗？

我本应该做个聪明的警官，至于做警察，在那个时候，光是聪明还是不够的，世界上所谓的聪明并不能让一个警察有多远大的前程——且不说论资排辈——除非他有令人惊叹的手段展示出他的聪明才智。

请注意，我没有愤愤不平，无意诋毁警察队伍。我本应该知道什么时候该适可而止。

起初，和其他人一样，我根本没有把它当回事。

医生来了，又叫来了警察，你明白吗？纯粹是例行公事。当时，我正在哈默史密斯街巡逻。那是星期天早上八点左右，斯宾德倍礼路一所小房子两边的邻居，都被9号房一个孩子歇斯底里的哭喊声惊扰了。

起初，有人在谈话中提到了全国防止虐待儿童协会，但根本不是虐待问题，因为住在9号房子里的只是一个八岁的小孤女，还有她的阿姨帕蒂莱小姐，她把自己的外甥女当作宝贝，别说虐待孩子，都快把她宠坏了。这个小女孩名叫泰坦尼娅，患有风湿热，身体很虚弱。

斯宾德倍礼路的房子编号为奇数，从头起一路编号下去的，这并不罕见。因此，这些邻居来自斯宾德倍礼路7号和11号房子。就像世纪之交前，在布鲁克·格林周围建造的许多营房一样，只是一个两排砖砌营房，都分段编号。每个号码的房子都有一个门廊。每个门廊前都有铁栏杆和铁门。在每栋房子的后面，还有一个院子，必须通过前门或后门才能进入房子。

请原谅——我还是没有完全改掉每说一句话都当作报告的习惯。听到孩子的哭声，邻居们敲门。无人应答。7号邻居透过信箱喊道："开门，让我们进去，泰坦尼娅！"孩子不停地哭。邻居们试着打开窗户，但每个窗户都被人从里面锁上了。最后，11号邻居，一位商船队的退休船长，在大家的目击见证下，从后门破门而入了。与此同时，一位女邻居来找警察，在罗文路的拐角处找到了我。我来到了现场。

先生，我不想细说那些繁文缛节来烦你，因为这些都是我的职责范围内的事。我进去之前，吹了吹口哨，唤来了另一位警察，他是我的巡佐。房子内一点也不乱，但在楼上，这个孩子一直在尖叫，好像她正被谋杀一样，一遍又一遍尖叫道："莉莉阿姨死了！莉莉阿姨死了！"

这个卧室被从里面锁着。巡佐和我强行打开门锁，一个吓得魂不附体的金发小女孩向我们扑了过来。11号房的那个女人在尽力安抚她，我和巡佐把注意力集中在莉莉·帕蒂莱小姐身上。她躺在床上，大睁着眼睛和嘴巴，已经像石头般僵硬。

当然，当地的医生也被叫来了。他说，据他看来，这位可怜的老女人是在凌晨三点左右死于脑出血的。他只能做些肤浅的检查。他暗示验尸是验尸官的事。明白吗？每个人都是这样想的。只是事实并非如此。询问中了解到，可怜的帕蒂莱小姐是因受到非同寻常的伤害而身亡的。在她左耳上方三英寸处，有一根金眼绣花针穿过她的头骨，刺进了她的大脑！

由此看来，这是一个惊天谜案。帕蒂莱小姐和她八岁的外甥女独自生活。她自己有足够的钱来养活她们两个人，有时还会做些丝绸刺绣来赚一点外快。她特别擅长在靠垫套上绣玫瑰花。她有一包又一包的坎伯兰金眼绣花针，那是她喜欢的针。而其中一根针又是如何穿过她的头骨，刺入了她的大脑，则无人知晓。

人们众说纷纭，不乏各种猜测。医生们列举了众多女性，尤其是女裁缝，由于针头嵌入身体重要器官而突然死亡的例子。据称，伴随着全身肌肉收缩，针或针的一部分，可以在肌肉内游走很长的距离，甚至直达心脏……

验尸官倾向于以这种说法结案,并宣布意外死亡的裁决。只有医生不认可。他说,尤其是发生在伦敦东区的这类案件,已经引起了他的关注,而且,在每一个案例中,拔出的针都已经被腐蚀或钙化了。在莉莉·帕蒂莱小姐的这个案件中,一位著名病理学家提供的证据显示,绣花针是被人用超人的力量从外部钻入头骨的。针头的金眼部位已经穿透死者的头皮。"验尸官对此有何看法?"医生问道。

验尸官并不急于对此做出任何解释。

在医生看来,会不会是一个身体健壮的男人用手指把针挤压进她的头骨呢?

当然不可能。

那么,这根针能否是借助锤子之类的工具刺进帕蒂莱小姐头骨的呢?

有这个可能,但也只能是某个具有超凡技艺的人,借助了极端精致的器械才能做到……

医生提醒验尸官,即便是经验丰富的缝纫女工,在加工质地紧密的布料时,也经常会折断远比这种绣花针粗得多的针。医生打电话对验尸官说,凭他的法医经验,即便是使用精心设计的器械,比如环钻,也是极难穿透人的头骨的。

然而,验尸官说,但也不得不承认,不能排除一名技术高超的男子用锤子将一根绣花针穿入一名中年妇女头骨的可能性。

就这样你一言我一语，医生发了脾气，让人请一位雕刻师，或家具木匠，用锤子"非常灵巧"地将一根绣花针穿进人的头骨。先生，这是他的原话，而且要保证针完好无损，其周围的皮肤不能受损，就如帕蒂莱小姐的情况一样。

就在这时，验尸官拿捏住了他。他说："你已经证明了这根针不可能从她身体内部进入帕蒂莱小姐的大脑。你也证明了这根针不可能从外部进入帕蒂莱小姐的大脑。"

他斥责了某个大笑的人，然后宣读了裁决。

这个案子就这样结了。裁决就是裁决，但验尸官只是验尸官，尽管他们可能得到总部病理学家的支持。不知怎么，对我来说，这个判决还不够完美。如果我是那个验尸官，我心想，我会做出这样的结论：一个或多个不知名的人蓄意谋杀。

一切进展顺利。但是，又是什么人，或一些什么人，认识或不认识的人，凭着足够的专业技能进入一个封闭的房子，又进入一个锁着的房间，把一根细针扎进一位女士的头骨，然后原路返回时，把他或者他们身后的所有门从里面都锁上，而不会惊动受害者身边的一个八岁女孩呢？

此外还有动机问题。入室抢劫？房子里的任何东西都没人动过，老太太没有什么值得偷的东西。复仇？这个可能性最小：她没有朋友，也没有敌人，和她的小侄女住在一起，没有伤害过任何人……你看，验尸官的裁决有一定的道理，可还是……

"要是由我来解开这个谜团，我就大功告成了。"我心里想。

我解开了谜团，也把自己给毁了。

现在，你必须知道，当你心中存有疑惑时，你最好先反思自己。人们养成了草率的思维习惯。我曾经读过一本名为《隐形人》的侦探小说，里面每个人都发誓他们没看见过任何人，可是雪地里有脚印。在这个故事中，邮差就是那个隐形人，"看不见"仅仅是因为从来没有人愿意把邮递员看作一个人。

我坚信，在帕蒂莱小姐的谜案中，肯定有什么东西被忽略了。毫无线索，这是人们普遍接受的术语，但肯定有些东西被忽略了。

我确信，不知怎么，在我的脑海中，我在帕蒂莱小姐的卧室里看到了某种我熟悉但又非常不合时宜的东西。它本身并没有什么不妥，但在当时的情况下，绝对是奇怪的。那是什么呢？

我搜肠刮肚。上帝，我绞尽这个笨脑试图清晰地想象出那间卧室的情景。作为年轻人，我是很善于观察的。我告诉你，如果我脑子清醒，懂得适时闭嘴，我可能已经当上探长了。当时房间的情景清晰地浮现在了我的脑海中。

房间大约十六英尺乘以十四英尺。房内主要的家具,是两张小床,床架是用染色的橡木做的,绣花的被子。一切都整齐有序。一张小梳妆台,上面有带粉红色玫瑰图案的蓝色陶器。白色壁纸上有红玫瑰图案。一个黑色的火炉栏,也装饰着绣有黄玫瑰和绿叶的刺绣。壁炉架上有几件装饰品——一个腰上系着丝带的丘比娃娃,一只脖子上系着丝带的瓷猫,一只插着纸玫瑰的廉价礼品花瓶,还有一个粉红色的天鹅绒别针垫。在壁炉架的尽头,离小女孩最近的地方,有几本书。

"啊哈!别急,找到啦!"我的记忆对我说,"你越来越热了!"我敢说,你还记得"冷和热"的老掉牙的游戏吧?在这个游戏中,你必须找到一些隐藏的物体。当你靠近它时,你发热;当你离开它时,你就发冷。当我的记忆说"热"时,我的大脑停留在了那些书的画面上,突然间,斯宾德倍礼路之案的谜底像电闪雷鸣般击中了我。

就在这时,我兴奋之中,犯了一个大错。你懂的,我想要立功受奖,还有随之而来的升职。

周末休假,我穿上便服去了卢顿。孤女泰坦尼娅住在那里,由一个远房表亲照管着。为了让自己显得和蔼可亲,我在一家茶馆里单独和这孩子聊天。

我们还没有聊完,她就吃完了六个蛋白酥饼。

她是一个脸色苍白的小女孩,他们给她穿着黑色的丧服,显得可怜兮兮；她眼睛圆圆，总是带着满脸惊讶的表情，嘴巴总是半张着，属于那种从不确定何去何从、是笑还是哭的迷茫孩子。对执勤警官来说，她是个令人头疼的角色：他总会误以为她迷路了，或者想被人带着过马路。

她唯一真正与众不同的标志或特征是她的头发，浓密漂亮，就像一大束黄色菊花，向后梳着，系着一条黑丝带。

我问她在这个新家是否过得开心。她说："哦，是的。伊迪丝阿姨说，只要天气好，我可以每周去看两次电影。"

"那你的莉莉阿姨不让你去看电影吗？"我问道。

泰坦尼娅说："哦，不。莉莉阿姨不会去的，因为电影院很危险。它们会被烧毁的。"

"啊，你的莉莉阿姨是个神经质的女人，对吗？"我说，"晚上把房子都锁起来了。"

她说："她害怕男孩。"泰坦尼娅用一种老掉牙的口吻说，"这些男孩！扔石头和放烟花，他们能把你活活烧死在床上。"

"这就是你可怜的阿姨说的，是吗，泰坦尼娅？现在，你不怕男孩了，对吗？"

"哦，不怕了。"她说，"布莱恩就是个男孩，他是我的哥哥。"

"怎么，布莱恩死了吗，亲爱的？"我问道。

"嗯，是的，"她说。"他得流感死的，妈妈也是得流感死的。但我没有死，只是后来我变得虚弱了。我还得了风湿热。"

"你哥哥布莱恩一定是个不错的大男孩。"我说，"现在想想他去世时多大。十二岁？"

"十三岁零三个月，"泰坦尼娅说，"他教我吐口水的绝招。"

"听说他去世了，我很难过。那么你的莉莉阿姨就不让你去看电影了，正如教义中要求的那样，你听从了长辈的话。你最喜欢哪部电影？"

她的脸上有点兴奋起来。她告诉我："我最喜欢的是《佩格戒指》系列中的《珀尔·怀特》。哦，太棒了！还有《约翰·邦尼》和《弗洛拉·芬奇》。"她咯咯笑着回忆道，"当妈妈和布莱恩去世时，我只看到《紧握的手》第三集，我就去和莉莉阿姨生活在一起了。除了火灾的危险之外，电影院也不健康，因为它们充满了微生物，微生物携带细菌。莉莉阿姨过去出门，脸上都戴着流感口罩。你知道，现在这样的时候你再小心也不过分。"小女孩严肃地说。

"我敢说，她还把所有的窗户都锁上了。"我说，"我的意思是，那你怎么打发时间呢？玩娃娃吗？"

"有时候是的。或者，有时候，我也做针线活，或者读书。"

"啊，你是一个很会读书的人，泰坦尼娅，"我说，"就像你可怜的母亲以前一样。哦，泰坦尼娅是一个童话故事中的名字，对吗？像你这样聪明的女孩，如果关在家里没人说话，就会拼命读书。我打赌你也读过你可怜的哥哥的旧书。我记得在壁炉架上看到一本《男童自己的杂志》合订本。让我想想……还有一本黑黄色封面的书，书名是《聪明男孩能做的一千件事情》，就是它吗？"

她说："不是事情！是游戏。"

"你说的对！是《聪明男孩能玩的一千个游戏》。我敢打赌你已经学会了所有这些游戏，对吗？"

她说："不是所有游戏。里面有很多游戏，我没有合适的道具去玩。"

"这本书我也读过，"我说，"里面有个游戏你肯定掌握了，而且你有合适的道具，亲爱的，泰坦尼娅。我来告诉你吧，你拿一根中等大小的针，把它插在软木塞的中心，然后你拿一便士硬币，把这个便士放在两小块木头之间。把带针的软木塞放在硬币上，用锤子狠狠地击打软木塞，软木塞会把针固定好，这样针就可以直接穿透那枚硬币。你就是这样杀了你可怜的莉莉阿姨的，泰坦尼娅，对吗？"

她吃完了最后一块蛋白脆饼，点了点头。咽下后，她说："是的。"令我恐惧的是，她居然咯咯地笑了起来。

"那么，"我说，"你一定要和我一起回伦敦，把这一切告诉我的督察。"

"好的。"她点头说，"但你不能告诉伊迪丝阿姨。"

44

我告诉她："没有人会为难你，只是你必须说出来，把你可怜的小脑袋里的事情说出来。"

泰坦尼娅的二表姐伊迪丝，出于礼貌称其为"阿姨"，带着孩子和我来到了伦敦，在警察局里，她断然否认了一切，哭闹着要人送她们回家。

设身处地想想我被人污蔑为疯子和野蛮人的滋味吧！我气急败坏，暴跳如雷，然后"递交了辞呈"。

我永远不会忘记，当泰坦尼娅跟她伊迪丝阿姨返回卢顿时，她脸上露出的狡猾表情。

我不知道从那以后她的情况如何。她现在大概三十八岁或三十九岁了吧。如果说她早已变成了一个顽劣难缠的人，我是一点也不会感到惊讶的。

## 难兄难弟

喀尔巴阡山脉多岩石,一直在孕育着阴森可怕的各种幻想。吸血鬼德古拉就来自这个地方。当地农民们画着十字,交头接耳低声说着"死人骑马努力奔跑"。匈牙利和奥地利,一直是吸血鬼、狼人、巫师、术士以及他们法术的滋生地。

心理分析就起源于这些地区。来自世界上大多数其他国家的职业心理学家(巫医),都曾师从弗洛伊德、荣格、阿德勒、格罗德克等人。他们中的大多数人离去时都带着坚定的信念,成了一群把满脑子猜想凝固成教条的夜猫子。顺便说一句,很有趣的是,这些在黑暗中摸索的人大多处于永久性神经崩溃的状态——当你试图把别人的灵魂撕成碎片，将其清洗并重新组装时，你就会患上这种职业病。在世界上，从来没有人会在精神分析家的办公室或其他任何地方，掏空自己的心灵和思想，只有疯子才会这样做，他们不知道自己在说什么，他们倾吐的都是他们的幻想。

盎格鲁－撒克逊人应该让心理学顺其自然自由发展。他们殚精竭虑，试图从纯粹的哲学中提炼出一门精准的科学，考虑到人类思维的无限种排列组合，这是永远做不到的。最后，全部演变成了连篇累牍的病例、报告和其他废话，如单调乏味的性爱统计数据，那些刺激的内容用晦涩难懂的文字写出来后也变得毫无趣味。

一次鸡尾酒会上，与一群重要的科学家打交道时，我遇到了一位精神病专家。他个子不高，却很精明，我称呼他阿尔穆纳博士。他说了类似上面的这些话。他经营着阿尔穆纳诊所，这是一家离芝加哥不远的疯人院，服务贴心，价格不菲，专门医治瘾君子和嗜酒狂。

阿尔穆纳是个很好相处的人。这个开心的人不惹事上身，他知道如何在各种情形下金盆洗手。这个阿尔穆纳也是一个善良的愤世嫉俗者，他什么都信，也什么都不信。阿尔穆纳博士也没有任何学究气：他承认，他对自己所知了解得越多，就越明白自己知道的事情太少。

有一次，在谈话中，他回答了我一个特别的问题，他对我说："我了解人脑的脑叶，并研究了许多人的大脑卷积神经，以及许多男人和女人的行为模式，但我仍然不可以不懂装懂。我尝试过，相信我！每个人的大脑都是一个单独的迷宫。如果一个人终其一生，能读懂任何人的大脑，那他就太幸运了。不，这很容易理解，我不过多解释。我治疗过，并努力去理解。另一种方式是理论。因此，狂热、妄想随之而来……"

就在我上面提到的那个场合，这群专业人士组成一个小组讨论病例，阿尔穆纳博士就在现场，他像鹦鹉那样昂着头，闭着一只眼睛，神情十分专注。有位医学界人士（我忘了他的名字）谈到了一个交感神经痛的病例。他调查并证实了一个女孩的病例。1944年1月7日凌晨三点，她发出刺耳的尖叫，喊道："我中枪了！"她指着锁骨下的一个地方。那里神秘地出现了一个蓝色的小圆点，一触摸就会疼痛。后来发现，就在那一瞬间，她远在海外服役的哥哥，就在同一个部位被子弹击中了。

阿尔穆纳医生点了点头，说："哦，的确如此。这并非没有先例，医生。我可以告诉你一个更离奇的关于身体感应的例子，两个兄弟之间身体上的感应。"

他抽着雪茄，一脸笑颜，接着说了起来……

这两个兄弟，我们就叫他们约翰和威廉吧。1934年春天，当时希特勒先生还没有命令我去国外——甚至去芝加哥，他们来到了我在维也纳的诊所。

约翰和他的弟弟威廉一起来的。这是个显而易见的酗酒症病例。啊哈，但也不是那么简单！威廉和约翰这对兄弟之间有感应，其中一个人的软肋会影响到另一个人。

威廉每天至少喝两瓶白兰地。约翰却是个滴酒不沾的人，闻到酒精的气味就会作呕。

威廉每天抽十五支烈性雪茄。约翰讨厌烟草味，一闻到烟味就恶心。

先生们，如果你们愿意的话，请解释一下这一点：威廉是个酒鬼和烟鬼，一个人畜无害的人，而他的兄弟约翰，烟酒不沾，却表现出了慢性酒精中毒的所有症状，肝硬化和尼古丁中毒引起的心颤！

我想，没有哪位医生有这样的好运气，会碰到这样的病例。威廉身上白兰地酒气冲天，像蒸汽机一样喷出的是雪茄烟味，面色红润、身体健康，幸福地沉醉在半昏迷状态。约翰长着一个草莓鼻，一张像草莓蛋奶酥的脸，眼球似两个泡在血泊中的荷包蛋，手指无时无刻都像演奏着神秘的乐器——一个明显的酒精性多神经炎性精神病病例，但约翰从来没有碰过一滴酒。

说话最多的是约翰——就是那个长着草莓鼻子的人。他说："阿尔穆纳博士，看在上帝的分上，阻止他吧！他要杀了我。他在自杀，他也在要我的命。"

威廉说:"别理他,医生。约翰是个神经质的人。我看没有什么大不了的。"

听到这里,约翰喊道:"神经质!你这该死的,威廉,你让我崩溃了!"

威廉很平静地说:"给我点白兰地,医生。"

这时你会惊讶地看到约翰脸上一脸悲哀。他双手交叠,紧紧握住以阻止颤抖;我从未见过渴望和排斥如此明显交织在一起的表情。

"不要!"他说完,然后又接着说道,"哦,医生,要是你觉得没关系的话……"

唉,我该这么说,对于一个爱探究的人,无论多么善良,所有的人都是试验品。此外,有人可能会争辩说,约翰他是谁啊?他凭什么对温和的威廉可否喝酒说三道四?作为实验,我用有刻度的玻璃杯给威廉倒了三盎司的白兰地。他一口吞下,对我开心一笑。

信不信由你,他的兄弟约翰开始干呕、打嗝,眼睛迷离地向我眨眼,而威廉点燃了一支烈性雪茄,双手交叉放在肚子上,吞云吐雾!

感应,什么?哇,带着报复的感应!

最后,在一阵剧烈的咳嗽和恶心之后,约翰说:"你看到了吗,医生?你看到了没有?这就是我必须忍受的。威廉不让我工作。你认同他的做法吗?他不让我上班!"

约翰和威廉显然都是有钱有势的人。他们乘坐一辆量身打造的梅赛德斯奔驰车而来，衣服是由斯托尔茨定制的，一身珠光宝气。的确，威廉身上沾满了雪茄烟灰，他的白金手表在前一天下午坏了，但我们还是能察觉到那种财务自由的气派。

约翰长着草莓脸，手指颤抖，衣冠楚楚。我真希望认识那个为他洗熨的女洗衣工。他戴着一条金表链，左手小指上戴着一枚镶有大钻石的金戒指。他的黑色领带上还镶嵌着大约两克拉的钻石。

我该如何向你描述约翰身上这种端庄和蓬乱的奇异结合？就好像是，就在他精心梳洗打扮的时候，突然被人打扰了一样。他的衣服裁剪得体，精心熨烫。他的鞋子像镜子般能照见人脸。但他的头发需要修剪——在脖子上长出了小毛发。他的指甲也不太整齐。威廉更是脏兮兮的，像回到了原始社会，看到他那样子，闻到他的气味，让人真受不了。尽管如此，他也穿着剪裁得体的衣服，戴着珠宝，不是钻石，是祖母绿宝石。只有富人才敢于如此优雅或如此邋遢。

于是我问道："工作，约翰先生？你说的'工作'是什么意思？"

威廉面色红润，心满意足，微笑着，半睡半醒地点点头，一副幸福安康的模样。他的弟弟约翰滴酒未沾，却处于一种狂热的状态，狂热后便是昏昏沉沉的睡眠和睡醒后的宿醉。

他说："哦，我不需要工作。我说的工作不是为了钱。母亲留给我们的钱已经够多，生活绰绰有余。你不用担心你的费用，医生——"

"你别把老妈扯进来，"威廉说，"你这个混账。总是挑老妈的毛病，可怜的老太婆。再给我来点白兰地，医生，太无聊了。"

我还没来得及拦住他，威廉就抓过瓶子，一口喝下了四分之一品脱的白兰地。他的手强壮有力，我花了很大的力气把瓶子从他手里夺走。我把酒锁起来之后，你相信吗？可怜的约翰结结巴巴地说："我想我要生病了。"这时威廉却在开心地嚼着一根熄灭了火的烟蒂，哼唱着《哦，多娜·克拉拉》这类靡靡之音。

先生们，没有想到，这时候约翰竟然情不自禁加入进来，唱起了和声：

哦，多娜·克拉拉

我看见你跳舞

你的美丽让我发了疯……

然后约翰停了下来，开始哭泣。

他说："他只知道这些，你知道吗？你知道他是什么吗？一头猪，一头粗俗的野兽。我的品味纯粹是古典的。我喜欢巴赫，我喜欢莫扎特，我崇拜贝多芬。威廉不让我演奏。他弄破了我的唱片。我无法阻止他。

他经常锻炼的,手更有力气。他不分白天黑夜,喜欢在钢琴上弹奏强劲的爵士乐,他不让我思考,也不让我工作。医生,他这是在要我的命啊!我该怎么办?"

威廉又点燃了一支新烟叶制的雪茄,说:"啊,你给我闭嘴,好吗?喏,医生,前几天这家伙就买了一张叫斯特拉文斯基的唱片。"他笑了,"标签上写着,牢不可破。我把唱片砸到他头上,是吧,约翰?我喜欢有活力的东西。节奏,你懂吗?"

约翰抽泣着:"我的爱好是在象牙上画微缩画。威廉不允许我画,他把我的颜料弄得一塌糊涂——"

"我受不了它们那气味。"威廉说。

"他磕碰我的胳膊,如果我抗议,他就打我。当我想演奏音乐时,他想睡觉。哦,但是如果我想睡觉,他就弄出噪音,想想办法阻止他吧!"

"再来一点白兰地。"威廉说。

但我郑重地对他说:"威廉先生,这些东西对你来说是致命的毒药。我强烈要求你在我的疗养院住上三个月左右。"

"我不会去的。"他说,"我没事。我很好。"

"让他去,让他去!"他的哥哥尖叫道,"哦,威廉,看在上帝的分上,为了我,去疗养院吧!"

"我很好。"威廉高兴地说,"你才需要住疗养院呢。我不去。我宁愿待在家里享受生活。人生短暂，快乐一生。哈？"

这件事的不同寻常之处在于，正如威廉所说，他的肝脏无法触及，肾脏健全，心脏状况良好，他一生中每天雷打不动喝两夸脱白兰地！舌头像婴儿的舌头，眼睛像星星般明亮，步履稳健。倒是在约翰身上，酒鬼和雪茄迷的症状毕现——他是个烟酒不沾的人。

你觉得这种感应如何？

约翰断断续续地低声说："这些我还能忍受，就在上周，这个酒鬼竟然向我们的女管家求婚了！结婚！向我们的女管家求婚！我受不了，我真受不了！"

威廉说："为什么不可以呢？这女人不错。约翰讨厌她，医生，但她和我心灵相通。也许她已经过了黄金年龄，但我和她在一起感觉很舒服。我们两人品味相同，都喜欢欢快的音乐。不拒绝高杯威士忌。她的烹饪方式也合我意——放很多辣椒，浓香鲜辣。约翰这家伙，他所能接受的就是牛奶和水煮鱼。是的，所以帮帮我，我要娶克拉拉。你确定不能再给我一点白兰地了吗，医生？一丁点儿？"

我说："不行。最后问你一次，你确定不来我的疗养院吗？"

"千真万确。"威廉说道。约翰坐在沙发上无助地抽泣着。

总结一下：约翰和威廉兄弟俩在黄昏中走到他们豪华轿车等候的地方，坐车离开了。

不久之后，约翰死于肝硬化、肾炎、水肿，正如你所说，"全身毛病爆发"。不久之后，他的兄弟威廉也去世了。他们一起被安葬在圣心公墓。

你是不是很好奇，为什么会这样？

善良的阿尔穆纳博士搓着手，咯咯地笑了起来。

一位洗耳恭听的精神病医生说着"太不寻常了"，接着就开始了解释，看样子会没完没了。

但是阿尔穆纳博士打断了他的话。他说："我亲爱的医生，这个解释非常简单。也许是我没有提到约翰和威廉是连体双胞胎，他们之间只有一个肝脏。可怜的约翰的肝脏很薄，比威廉的肝更早硬化了。"

他补充道："是不是很有趣？这也许是有记录以来唯一的一个案例，一个男人喝酒，竟把他滴酒不沾的兄弟喝死了。"

# 猪岛女王

冯·瓦格纳男爵夫人和其他人试图在荒岛上建造人间天堂，结局是肮脏和血腥的。这个故事太过荒诞，如果不是最初有过新闻报道，即便是喜欢噱头的犯罪杂志编辑，在刊登它之前也会三思。

然而，冯·瓦格纳男爵夫人案与波尔西托岛（人们通常叫它"猪岛"）骷髅案相比，真是小巫见大巫了。

尸骨本身就会给人带来噩梦。人们发现，在拉鲁埃特防水的藏钱袋中，一张残缺不全的纸上记录着他们的故事，故事是真实的，但是没有人敢把它印刷发表出来。

也许你不熟悉道上的旧俚语，藏钱袋是一种挂在马戏团演员脖子上的小袋子。它装着他们的积蓄，用一根束口绳子绑着，就像老式的多萝西束口包一样。这样做是必要的，因为小偷小摸的事情在马戏团的营地里时有发生。因而，在高空架子上，那个后空翻的人就带着他的藏钱袋。狮子笼里的驯兽师可能会忘记他的鞭子或失去勇气，他永远不会忘记或丢失他的藏钱袋，袋里总会有一小卷潮湿的纸币，那是他用来应对危机四伏生活的全部积蓄。

海鸥啄净了拉鲁埃特的尸体，藏钱袋还在她身边。里面有六千七百美元和一沓写着故事的纸，我提议在这里公开这个故事。

这是我所讲过的最可怕最可悲的故事。

故事的开始是这样的。在波尔西托岛登陆的船长，他订阅了一本科普杂志，他以为自己发现了"缺失的一环"——一种既不是人也不是猿的生物。他发现的第一具骨架有着亚人类的特征。胸腔大得可以装一个小桶，胳膊特别长，腿又小又弯。手、脚和下巴的骨头都非常厚实。但就在这时，在不远处——这只是一个小岛——在一簇灌木丛中，他发现了另一具男人的骨架，这个男人活着的时候，身高不可能超过两英尺。

还有其他骨头：猪、鸟和鱼的骨头，还有另一个男人零零散散的尸骨，他个子不比这个男人高。这些被砸碎的骨头，散落在几平方码的地方。船长（他的名字叫牛津）欣喜若狂，开心得像一个读着神秘故事的小学生。他往深处走去，进入了波尔西托更隐蔽的地方，在那里，一块岩石高高隆起，形似猪背，为一个洞挡住了海上吹来的风。在那里，他还发现了一间简陋小屋的废墟。

屋顶上一定铺盖过草或轻质的藤条，但它们已经消失了。鸟儿进来啄净了一个女人的白骨。她的大部分头发还在，头发长而金黄，卡在一个裂缝里，要么是风吹进去的，要么是气流扯进去的。曾挂在她脖子上的皮制藏钱袋，躺在她像掷下的骰子一样散开的下椎骨附近。这具人体骨架没有胳膊也没有腿。牛津船长把这四副骨头分别装在不同的盒子里，并在日志中详细地写下了他对波尔西托岛的探索过程。他相信自己发现了一些无法解释的东西。

他很失望。

安娜·玛丽亚号蒸汽船在猪岛（水手们这样称呼它）附近，遭遇了一场飓风沉没了，船长、船员、军官、乘客、货物悉数下落不明。事发后，伦敦劳埃德保险公司分文不差地支付了该船投保的数千英镑保险金。当时法拉古特马戏团也在船上，打算前往墨西哥。

牛津船长发现的不是过度发育、发育不良或没有四肢的另类动物的遗骸，他发现的是恐怖者加甘图阿、一对侏儒蒂克和塔克以及拉鲁埃特的尸骨。

拉鲁埃特生来就没有胳膊和腿，她是猪岛的女王。我现在讲述的就是拉鲁埃特记载的故事……

蒂克和塔克体型很小，但他们不是双胞胎。不经意的观察者只会看到侏儒的个小，所以在他们看来他俩很像。

蒂克出生在英国，他的真名叫格里夫斯。塔克出生在布列塔尼的第戎，是一个名叫凯鲁艾的贫穷客栈老板的儿子。他们大约二十五英寸高，但身材匀称，动作敏捷，所以他们组成了一支有吸引力的舞蹈组合。他们是马戏团的新人，我从未见过他们。

但我见过加甘图阿和拉鲁埃特，我成千上万的读者也看过。恐怖巨人加甘图阿一直萦绕在许多女人的梦中。事实上，他只有大猩猩的一半强壮，两倍丑陋。按照大猩猩的审美标准，大猩猩并不丑陋。无论怎么看，加甘图阿都很丑陋。他看起来不像人，也不像猿。他患有一种奇怪的垂体疾病，内分泌学家称之为肢端肥大症。有一位著名的摔跤手也有这个毛病。

胚胎分泌的一个腺体出了问题，导致骨骼生长失去了控制。这可能发生在任何人身上。它可能发生在我身上，也可能发生在你身上，它让人丑陋不堪。碰巧的是，加甘图阿天生就是一个非常强壮的人。乔治·沃尔什告诉我，他本来有可能成为世界重量级举重冠军。一位精明的演出筹办人意识到他的丑陋中暗藏着商机，所以珀西·罗宾逊给自己重新取名为恐怖者加甘图阿，蓄了一把胡子，胡子像画笔描在脸上一般。他成为一名摔跤手。作为一名摔跤手，他太过温和与愚蠢，所以他又玩起了杂耍。他赤裸着上半身，只穿着一条熊皮围腰，展示了令人恐惧的力量。

在意大利的一次集市上，我看到他背起一个平台，一个胖子坐在上面弹三角钢琴。那天晚上我见到了拉鲁埃特。如果不是有一个美丽任性的女人陪着我，我就不会见到她了。当我告诉她我不愿意盯着怪物看，她说如果我不和她一起去，她就会一个人去。所以我买了票，我们走进了演出棚。

拉鲁埃特是怪胎中的贵族。她吸引了大批观众。由于天生没有手臂和腿，她不断开发嘴唇和牙齿的用处，锻炼了脖子、背部和腹部的肌肉，这样她可以自己穿衣、洗澡，还可以嘴咬画笔或铅笔，画出一幅漂亮的小水彩画，或者用清晰的笔画写信。因为她唱歌像鸟鸣一样动听，他们叫她拉鲁埃特。

她给人的印象是，除了梳头以外，其他无所不能，她甚至可以通过向前方或侧面甩动身体来挪动一些位置。我们看着拉鲁埃特画了一幅小画，还唱了一会儿歌，我和我的女朋友对她既钦佩又怜悯，一致认为，如果上帝用他的智慧赋予她完整的身体，一个这样有成就的女人，她可能将是欧洲最伟大的女性之一。她是一位受过良好教育的女士，金发黑眼，貌若天仙，而眼前的她，只是转盘上的怪物：一个只有身躯和头颅、体重五十磅的怪物。

我和她聊了起来。她能流利地说五种语言,读过许多书。问及她的身世,我了解到她出生于一个高贵、古老、生活优渥的维也纳家族。事实上,在她的血管里流淌着皇室的血液。有个算命先生曾告诉伯爵夫人,也就是她的母亲,她即将生下的这个孩子将是一位女王,一位统治者。

但当孩子出生时,出现在他们眼前的是一个怪物。伯爵晕倒了。伯爵夫人疼爱拉鲁埃特,珍视她,把她自己悲惨的一生都奉献给了这个不幸的女孩。这个女孩在能说话后不久就表现出了骄傲和不屈的精神。意识到自己的残缺不全,拉鲁埃特鄙视他人的援助,鄙视自己,她要奋发图强。

她父亲无法直视她。当她十七岁的时候,她的母亲去世了,她的父亲就把她和她的保姆一起打发走了。"你需要多少钱,都拿走吧,"他说,"只是别让我再看到你这个怪物。"当第一次世界大战来临时,伯爵已经身无分文,开枪自杀了。

在那之后,这位善良的老保姆再也没有了往日的善良,当一位名叫吉弗勒的经纪人送钱给她,要她说服女孩和他同行的时候,这位保姆便以贫病交加为由,毫不费劲地说服了拉鲁埃特,并说这是件大好事。

于是这位年轻的女子改了名字。吉弗勒把她卖给了加加涅洛夫,加加涅洛夫又把她转卖给了法拉古特。她满世界地演出挣钱，直到法拉古特的马戏团在前往墨西哥途中，随着安娜·玛丽亚号船沉没，她和蒂克、塔克以及恐怖者加甘图阿一起，来到了波尔西托岛，即这个猪岛上。

当初的预言成真，她成了猪岛女王。她有三个臣民：两个跳舞的侏儒和一个世界上最丑、最强壮的男人，她没有胳膊也没有腿，但她貌美如花。

加甘图阿这个男人的温柔与丑陋成反比。当安娜·玛丽亚号船开始下沉，他本能地向他最孱弱的朋友，秀出了他强壮肌肉的力量。

他对蒂克和塔克说："抓住我的肩膀。"他们已经看到陆地了。他左手抓住拉鲁埃特，让其他人抓紧他，然后跳下船，用腿和右手游泳。船沉没了。恐怖者加甘图阿迎着扑面而来的大风，沉稳地游了五英里。

最后，他的脚触碰到了地面，当太阳升起时，他跟跟跄跄地走向沙滩。那两个小矮个男人紧紧地抓着他。他那能折弯钢铁的强壮左手抱着拉鲁埃特。小矮人像吃饱喝足的蚂蟥从他身上掉了下来。加甘图阿又在柔软细腻的沙地上挖了一个坑，让拉鲁埃特舒服地休息，而后，他才躺倒在地上睡着了。

我相信，正是在那时，加甘图阿爱上了拉鲁埃特。谢天谢地！我曾在境况不那么恶劣的情况下，目睹过这样的事情发生！强者心甘情愿使自己成为弱者的奴隶。正是出于男人对爱的向往，他奋不顾身冒死救了她的命。

不幸的加甘图阿！可怜的恐怖者！

没有胳膊和腿的拉鲁埃特有头脑。尽管她身有残疾，但她是猪岛的女王。她无所欲求，也无所畏惧，她博览群书，思路清晰，所以她能发号施令。

拉鲁埃特说："蒂克、塔克，这儿一定有水，你们一个向左，一个往右，去寻找有绿色植物生长的地方。"

"你在这指手画脚，你以为你是谁？"蒂克说道。

她说："哦，是的，还有一件事，把你口袋里的东西都掏出来。"

蒂克有一个皮革封面的活页笔记本。塔克有一把锋利无比的大刀，带在身边无疑是为了给自己壮胆，他人小心得很。他们都有钱。加甘图阿有一个纯金的打火机，海水浸泡过的袋子里，还有几百美元湿漉漉的纸币。只有他一个人没有携带藏钱袋。拉鲁埃特的脖子上挂着的藏钱袋里装着一支金铅笔。"我们需要所有这些东西。"她说。

"你到底以为你是谁啊？给我们发号施令？"蒂克说道。

"安静！"加甘图阿说道。

拉鲁埃特继续说道："打火机浸了水，不能打火，但是它有铁和打火石，可以擦出火花。好的，加甘图阿，你把它晾干。"

"好的，小姐！"

"你们两个，在左右两边的路上，最好捡些干的漂流木，越干越好。我们可以用打火机擦出火花，生一堆火。点燃了火，我们要让它不停地燃烧，让它永远不要熄灭。你的刀，塔克，也会派上用场……你，加甘图阿，到海滩上去。这里有很多船上的木头，所以一定有铁。船上的木头上总是有铁的。铁会有用处。无论怎样，有加工过的木头都要带回来。我们将建一座小房子。你们来搭建它，加甘图阿，你，蒂克，还有你，塔克。我会告诉你们建造房子的方法。"

蒂克开始抗议："你以为你是谁？"

拉鲁埃特说："把打火机放在阳光下晾干，你的刀必须是干燥清洁的，塔克。"

"总是这样的。"塔克说。

加甘图阿说："这是我的打火机，要的话，你拿去吧。它是纯金的。一位法国女士送给我的。她说——"

"我的笔记本给你吧。"蒂克闷闷不乐地说道，"那封面可是真皮的。把那个小玩意儿拉下来，那些扣环就会打开，纸页就会脱落下来。"

"求你了，如果你允许的话，我要留着我的刀。"塔克说。

"你可以留着你的刀，"拉鲁埃特说，"但请记住，我们可能都会用上你的刀。"

"无话可说,拉鲁埃特小姐。"

"她以为她是谁?"蒂克又开始唠叨。

"嘘!"加甘图阿说。

"本人无意冒犯你,拉鲁埃特?"蒂克说道。

"现在出发。走吧!"

他们走了。蒂克发现了一股淡水清泉。塔克报告说发现了野猪出没的踪迹。加甘图阿怀抱着一堆船上的残骸回来了,钉有生锈钉子的木头,还有一个大家伙,像是一根折断的桅杆,上面钉着一根粗大的铁销。

"生火吧!"拉鲁埃特说,"加甘图阿,你用那个长铁片打造一个长矛尖,用石头把长矛尖磨锋利,然后把它牢牢绑在棍子上。这样你可以用它猎杀野猪。蒂克和塔克,你们爬上那些岩石看看。我看见有鸟飞下来。有鸟的地方就有鸟蛋。你是光,你是舞者。找鸟蛋,最好是找到鸟。当它们孵育鸟蛋时,它们不愿意离开鸟巢很远。你们悄悄地靠近,躺着不动,然后迅速抓住它们。你们明白吗?"

"太好玩了!"塔克说。蒂克一声不响。

加甘图阿说:"最好先把火烧起来。"

拉鲁埃特说:"没错。船只必须路过这里,他们会看到烟雾。好的,点火。"

加甘图阿说:"如果我能再找到一块铁,一块更厚实的铁,我就可以做出比这种尖刺玩意更好的东西,小姐。我敢说,一旦我把火烧旺了,我就能用它造出一把刀。"

"用什么办法?"拉鲁埃特说。

"我跟铁匠做过学徒,"加甘图阿说,"有汽车之前,我爸爸是个铁匠。"

"什么?那么说,你已经学会了那些能工巧匠手里的本事?"

"是吧。不多。一点点,不多。"

"那你打造一把刀吧,加甘图阿。"

"谢谢!"

"你能帮我做一把梳子吗?"

"哦,我敢肯定没有问题。是的,我应该说我可以给你做一把梳子。只怕是没有那么好看。"加甘图阿闭上一只眼睛,盘算着,"用木头做吧。"

"那就这么办。"

"好的。我要用一下塔克先生的刀子,希望他不会介意。"

"你能不能再盖一栋房子,加甘图阿?"

"不,谈不上房子,但我敢说,我可以搭个小棚子。小棚子最好靠近饮用水。海滩上肯定有各种各样的绳子。有海的地方就有鱼。别担心,我会给你扛一头漂亮的野猪回来。让我把火烧得旺旺的,我们也可以烤鱼。"加甘图阿从一块木板上拔出一根钉子，用两个手指把它扭成一个弯钩，"我把它磨磨就成了。"

"你真聪明！"蒂克不怀好意地说。

"他总是很聪明，"塔克说，语气平淡，但带着苦涩的微笑，"我们已经知道了。"

加甘图阿眨了眨眼。拉鲁埃特说道："你们两位，请安静。"

加甘图阿点了点头，咆哮道："没错，你们安静点。"

蒂克和塔克互相对视了一眼，什么也没说，直到拉鲁埃特喊道："来！去工作！"这时蒂克喃喃自语道："他们以为自己是谁啊？指挥我们？"

"你们两位快来吧！"加甘图阿喊道。

我相信，就是从那时起，蒂克和塔克开始密谋共同对抗恐怖者加甘图阿，我相信他们也以他们卑微的方式爱上了拉鲁埃特。

他们听从拉鲁埃特的指令，用加甘图阿的打火机擦出火花，点燃用塔克的刀削好的浮木碎片。蒂克把焖烧的火吹出了火焰，男人们不断添加木片把火烧得火光冲天。加甘图阿找到了一块厚石板和一个梨状硬石，当作他的铁砧和锤子，把铁片打造成了一只很好的矛尖，绑在一根又长又结实的杆子上。这样他们就有一杆粗糙但实用的长矛，加甘图阿用它来捕杀野猪。

波尔西托岛被称为猪岛，并非是没有来由的。1893年，约翰·佩奇爵士将一头纯种公猪和一些母猪送往墨西哥，他们乘坐的德利昂号船在一场狂风中遇难沉没。只有那些猪从那艘沉船上漂到了海岸边，岛上一度猪儿泛滥。波尔西托岛似乎是个厄运之岛。

加甘图阿穷追猛打，猪们茫然无知，它们迎着长矛扑冲而来。这四个怪人大快朵颐，伙食丰盛。蒂克和塔克捕鱼捉鸟，收集鸟蛋和螃蟹。拉鲁埃特指挥一切，夜晚在火堆旁给他们讲故事，为他们唱歌，背诵她能记住的所有诗歌，并从她的记忆中挖掘出她读过的所有哲学道理。

我相信他们当时是幸福的，但那是一幅怪异的画面：没有四肢的美女、身材矮小的舞者和地球上最丑陋的男人，聚集在一团闪烁的火堆周围，舒伯特的歌曲在岩石上回响，海浪冲向海滩，大海仿佛在说："安静……安静……"我能想象到，侏儒脸上敏锐热切的神情；而当巨人试图理解那些用高雅语言述说的伟大思想的内在含义时，他那粗糙额头上肯定皱起了痛苦的眉头。她也向他们讲述古希腊和罗马英雄的事迹：雷古鲁斯返回迦太基慷慨赴死、德摩比勒温泉关战役的壮烈，以及智慧而狡猾的尤利西斯，他是希腊人中最狡猾的人，他们与诸神搏斗，最终凯旋。她告诉他们尤利西斯战胜了把人变成野兽的女巫茜茜，以及他是如何和他的船员从独眼巨人的洞穴中逃脱。他身材魁梧，众人个子小巧。尤利西斯把他的水手们训练得步调一致，他们用一根锋利的棍子，弄瞎了独眼巨人的眼睛后逃走了。

她让他们帮她梳头。侏儒塔克在这方面很熟练，伴随着爆裂的火焰，说着幽默逗人的话语。蒂克因此憎恨起他的这位搭档。然而，几乎可以肯定的是，加甘图阿的大手在她的头上动作比蒂克或塔克更轻柔，因为两个小个子男人想证明他们很强壮，而巨人想证明他很温柔。

加甘图阿一晚接着一晚，帮拉鲁埃特梳理着美丽明亮的头发，而蒂克和塔克则坐在那里交换着目光，一言不发，只是冷眼旁观。

有时小个子男人会和加甘图阿一起去打猎。蒂克和塔克独自一人都无法驾驭这支沉重的长矛。但别忘了，他们是一对舞蹈组合，经过训练，他们就能够完美地配合。

因此，当蒂克握住长矛前端指引方向，塔克在他身后紧密配合，他们同步的敏捷和力量，组合成了一个完美的跳跃和冲刺。有一次他们杀死了一头肥猪。这一定让他们对自己的猎猪能力充满了信心。

这并不全是猜测。拉鲁埃特用牙齿咬着金铅笔，借助嘴唇引导，在蒂克给她的活页笔记本上做了记录，之后她用嘴把纸咬成一团，用舌头把它塞进她的藏钱袋里。她的记录给我的猜测提供了依据。

用长矛杀死一头野猪需要勇气和决心。野猪无所畏惧，力量强大，凶猛得令人难以置信，身上有坚硬的毛皮和厚实的肌肉。它非常顽固，狂暴地猛冲，恐怖地撕咬，嘴上的獠牙如两把锋利的镰刀，被杀戮的意志驱使着，丝毫没有了对死亡的恐惧。

在杀死了一头野猪后，蒂克和塔克骄傲无比，决定杀死加甘图阿。

拉鲁埃特说，当她告诉他们尤利西斯和独眼巨人的故事时，她无意中让他们萌生了这个想法。

但被称为恐怖者加甘图阿的愚蠢巨人，被称为地球上最强壮、最丑陋的人，一定很容易被杀死。他工作了一整天。当拉鲁埃特的头发梳好，她的歌声停止时，他谦恭地走了，睡在灌木丛中。一天晚上，他离去后，蒂克和塔克跟在他的后面。加甘图阿总是拿着长矛。拉鲁埃特睡眼惺忪，听着几码之外传来加甘图阿令人欣慰的如雷鼾声，感到很宽慰。她像亲兄妹一样爱着他。

她正微笑地听着，咳咳……咳咳……突然鼾声随着一声喘息停止了。然后蒂克和塔克拿着长矛回来了，火光中，拉鲁埃特看到长矛的刀刃已经不再洁净。

刀刃上的红色不是火光映出的红色。

她知道两个矮人对加甘图阿下手了。

如果她能哭，她一定哭了出来，她没有手可以擦去泪水。她是一个高傲的女人，她迫使自己假装睡着了。

后来她写道：我知道这就是结局。我很难过。令人奇怪的是，在这个地方，我感到平静和自由。我亲爱的母亲曾经把我抱在怀里，给我讲述我在这里讲过的所有故事，关于神和英雄、俾格米人和巨人以及长着翅膀的人的故事，我只是在这里，才又重新体会到了那份久违的快乐。

那天晚上，她从微闭的眼中，看到蒂克在解下长矛上的刀片，他花了一个小时才把它解开。

这样他就有了一把长度超过一英尺的刀，他把刀藏匿在裤腿里。

她想塔克也在关注着他的一举一动。因为当蒂克闭上眼睛，发出均匀的呼吸声后，塔克马上取出他不肯让别人拿走的刀，刺穿了他伙伴的心脏。他把尸体搬离了她的视线，抛在了一个她从来不知道的地方。

第二天早上，塔克对她说："终于无人打扰我们了，你是我的女王。"

"火呢？"她平静地说。

"啊，是的。我再添些木头到火堆上去，这次，也许我们可以真的独处了。"

塔克走了，拉鲁埃特等待着他的归来。他没有回来。他骨头的分布位置和上面的伤疤表明他是被一头野猪杀死的。附近再也没有浮木了。塔克走进树林，把他能找到的东西捡起来。我可以想象那个情景：他弯下腰去捡树枝，抬头时看见了正朝他扑来的狂怒大公猪血红的眼睛。情况肯定如此，没有其他可以解释他破碎的骨头四处散落的原因。

因此，塔克看到的最后一幕，一定是一个长满鬃毛的猪头、一对卷曲的獠牙和两只红色的小眼睛……

拉鲁埃特日记的最后一句话如下：

*刮起了风，火将熄灭。但愿我的末日很快就会到来。*

这就是猪岛女王的故事，以及牛津船长他发现的骷髅。

## 不受尊崇的预言家

时间是一个说谎者和挑逗者。时间是一个骗子。时间向你出售那些不存在，也从未存在过的东西。魔鬼以三维的方式出售回忆来赚取资本，如浮士德这样的愚蠢者愿意以他们不朽的灵魂为代价，来捕捉他们的"青春"。

在麦迪逊大道某个不显眼的昏暗酒吧里，在那些经受了二十多年办公室明争暗斗的人们之间，我们经常听到这样的痛苦感叹：要是我的时光能够倒流，一切重新开始该有多好……在第五大道的迈克尔酒吧或者西区的苦艾酒屋，下午12点45分左右，我们常能看到有人用松动的假牙，舔着舌头上那破旧的舌苔，用嘴角说话（怕因口臭而冒犯你)，谈论着也许本会如何、是否会是什么样以及本应该如何。

"如果年轻人拥有老者的经验，而老者拥有青春的活力！"这是一个令人向往的流行语。这个法国警句听起来很顺耳，但对于有辨别力的人来说却让人难以接受。试想一个十几岁的青少年，他拥有光芒四射的活力，却带着颓废老派花花公子的眼光、性欲和未得到满足的欲望，还有什么比这更令人反感的呢？最不可救药的"逆时光者"，通常可以在自我吹嘘的行业中找到——我指的是广告人员、房地产投机者、电影制片人、记者等。这些人在事情发生后很久仍然自称有先见之明。而那些年轻的老前辈们在竞争中必然落后于人。他们活在借来的时间里。

在这方面最糟糕的触犯者，就是那些上了年纪但聪明绝顶的编辑、特写记者和社论作家。他们收入可观，受人尊敬，新闻界的新人们因为得到他们的关注而深感荣幸。打个比喻，新人们就是依附于他们铅色或粉红的嘴唇里吐出的言论。他们通常花钱大方，提起意见来也不吝啬，如果有一种人他们更喜欢，以至于胜过他们曾经认识的世故之人，那就是怀着理想却遭到他们诋毁的热血青年们。他们发出的冷嘲热讽既悲哀又慈祥，甚至带有父爱的色彩……尽管如此，这不过是一种疲惫和幻灭的声音。晚上接近尾声时，当他们应该回家，返回那个不欢迎朋友踏入的家的时候，他们通常会带着缠绵、依恋的感觉，深情地握着你的手说:"啊,我的孩子,要是我在你这个年纪就好了!"当他们离开时,你会有一种失去或者更确切地说是怅然若失的感觉。在酒吧某个角落金字塔形的阴影里,他们留下自己的某个东西,一个长久不用破旧不堪的东西……

当我在伦敦的弗利特街(相当于纽约的报业中心)时,每日特快报的夜间编辑就是这样一个人。他名叫波西蒙德·雷蒙德,从黑衣修士酒店到圣殿酒吧,他不胜烈酒的事情已经使他臭名昭著(我说他的"无能",是相对于一个假设的可以大量饮酒而不醉的人)。我相信,他醉酒的程度被他的一种奇特的说话习惯而夸大了:他说话带着德文口音,而且还有一个不能连续发两个辅音的毛病,据说这是阿拉伯人的特点。比如说"strong"这个词,波西蒙德·雷蒙德可能会把它发音成类似"issitirong"的样子。

有一次,在潘趣酒馆里,有一个被疟疾折磨得半疯的老兵,在不合时宜的季节试图推销一篇关于大象象牙的文章,竟然在被波西蒙德·雷蒙德听见的情况下,斗胆说:"不,我的意思是说,该死的!和艾伦比在巴勒斯坦,该死的!我说'东方佬',那个家伙说话叽叽叽的,简直像个糊涂的'东方佬'。不,真的,我是说,到底怎么了?"于是波西蒙德·雷蒙德盯着那个人看了好久,用他那独特的洪亮声音说:"我想这个流浪汉说的'东方佬',指的是阿拉伯人。当然啦,我向上帝起誓，在那群人还在养猪的时候，我父亲就攻下了安条克！该死！"波西蒙德·雷蒙德指着自己喉咙中的一根血管说："在这条血管里流淌着波西蒙德、理查德·狮心、戈弗雷·德·布伦的血液！我的祖先是一个撒拉森公主。见鬼，我的亲生母亲就是以她的名字起名的——亚细亚·雷蒙德，简称艾莎！"老兵喝着瓶装啤酒，痴笑着说："不，但说真的，我是说，毕竟——我的意思是说，所有那些父亲，嗯，只有一个母亲，对吧？"于是波西蒙德·雷蒙德说："我要让你尝尝'东方佬'的滋味。"他说到做到，用一个锡制的壶砸向了老兵。第二天，他亲自确保关于大象象牙的文章已经被拒稿，他甚至威胁说如果文章被采用，他就辞职……并不是波西蒙德·雷蒙德心胸狭窄或者报复心强。总体而言，他非常慷慨，并且在争吵时经常显得宽宏大量。只是他无法忍受别人触及他的敏感点：他的家族血统。

众所周知，他家族来自英格兰西部，那里人的血脉中流淌着腓尼基人的血统，所以至今你可以在马拉宰恩一带，看到那些鹰脸钩鼻、面色黝黑，排外、精明、自傲且好斗，有着异域人长相的男男女女。但是波西蒙德·雷蒙德否认与这些来自地中海东部的维京人有任何血缘关系。不，他坚称自己是一个伟大的十字军战士和艾莎公主的直系后裔。

他强调说，艾莎受到神的启示，是一位女先知，有点像特洛伊的卡桑德拉,只是更有过之。他会非常生动地讲述她对长矛之战的预言。情况似乎是这样的:艾莎被带走后,接受了洗礼,嫁给了他的祖先,在梦中得到启示。艾莎说,有个被埋葬的矛头是个神圣的遗物。有个罗马士兵在十字架下使用过它,无论是谁跟随着它,一定会取得胜利。矛头被挖了出来,十字军把它当作旗帜,跟随着它打了个漂亮的胜战。

波西蒙德在讲述这件事的时候,黑眼圈里露出一种狂野而遥远深邃的神情。他说:"我的朋友们,我,也将死在我那古老的世袭敌人右手中的古青铜之矛下!"

他什么时候喝过酒——什么时候没有喝过?——波西蒙德·雷蒙德经常做出这种神秘的神谕预言。1939年夏天,一个生锈的青铜纸张扣钉刺进了他的左手拇指,他因血液中毒而死时,我们碰巧想起了这件事。他把自己灌倒,在弗利特街的半打重要工作岗位上酩酊大醉。我可以说,他把自己吞没了。在他去世的时候,他是《晚间特稿》的小说编辑,我们小说家低声地把他说成是最低等的生命形式之一。

他的死讯,对于新闻界的人来说,就如同全世界各个城市的报纸刊发的死讯一样。有多愁善感的人,在这个行业别的领域里出了名,看到这个小小的悲剧,就在他们自己的墙上写着"我们再也看不到像他这样的人了",于是他们去记者俱乐部寻找更多的同辈哀悼者。有些新手在大猎物散落的内脏中咬牙切齿,希望有一天能把他们的大公牛掰倒，因此密切关注着前方的动向。有些人幸灾乐祸：推销象牙文章的人坚持说，是他的故事导致了波西蒙德·雷蒙德的死亡，他说那篇报道仍然在传播，用同样的扣钉别在一起，扣钉上面生满了铜绿（他的养老金要到下周二才发，而且尽管他不愿意去喝别人请他却不能回请的酒，等等）。一位经常把自己的娱乐费用花在小广告商贩身上的老广告人，说波西蒙德·雷蒙德之所以能撑到那么久，是因为他敲诈勒索了洛夫乔伊勋爵,这位勋爵拥有《每日特快报》《晚间特快报》和《星期日特快报》。他相信波西蒙德知道尸体埋在哪里，他醉眼惺忪地眨眼，像瓷娃娃一样点头说着，直到老一辈中一位名叫"骗人鬼"莫里斯的人出现，他喘着粗气，嘴里叼着半英寸的香烟——非常神秘的是，他嘴里的香烟不长不短，总是刚好半英寸长——骂他是个肮脏的小广告人。

波西蒙德·雷蒙德从不会为这些事情弄脏自己的手，"骗人鬼"莫里斯这么说："但是我不介意，你这个小混蛋！波西蒙德是我的朋友，我对你们这群该死的家伙说，你们连他洗袜子的水也不配喝，如果有人想否认的话，过来吧！单打独斗还是大家一起上都行！来吧！杰拉尔德，你退到一边吧？"

我说："嗯，当然，莫里斯。"

然后，莫里斯动情地说："我们和老波西蒙德一起共度过好坏时光，对吧,杰拉尔德?我们是他手下的新人,不是吗,杰拉尔德?嘿,当《世界地球报》破产,在1929年被洛夫乔伊收购时,谁预测过?波西蒙德·雷蒙德!你们这些懒汉,我看见他,就像看见眼前的你们一样清楚——甚至更清楚——他说:'莫里斯,世界末日要来了,连地球都会变化。'那是在1917年。波西蒙德对我就像父母一样:他把我写的每个字都撕毁,对我就像对待一条狗,磨炼了我,成就了我如今的样子。对吧,杰拉尔德?"

我不便回答我不记得了,而且无论如何,"骗人鬼"莫里斯成了什么样子,我也不太在乎,我只能说:"你说得对,莫里斯。"

听到这话,杰克·坎特威斯尔,犯罪新闻老记者,一个满脸伤疤却心地善良且敏感的人说道:"是的,波西蒙德是这条街上最有能力的人,天知道,如果不是因为他那些'如果'和'假设',他本可以取得更大的成就。可怜的老波西蒙德总是不得不预言——预言并不是报业人的工作之一,预言是非常危险的行为。我们都有权进行猜测,但你要把你的猜测藏在自己肚子里,不要说出来。我不是在说我的老朋友波西蒙德的坏话,莫里斯和我也不允许别人对他说三道四——只是,有时他会出现一些怪异的转变,尤其是在他相亲之后,他变得像一个预言家。实际上,他使自己成了笑柄。"

"骗人鬼"莫里斯说:"你想笑就笑吧,杰克,他的预言几乎总是成真的。当他第一次接纳我时,我崇拜他,但他对我说:'做好你的工作,别感谢我。你会在有生之年嘲笑我!'上帝原谅我,我的确这样做了……至于我那位老朋友波西蒙德餐间偶尔喝杯啤酒,噢,他必须这样做,因为他把那么多事情都放在心上。通过这种方式,他远离了这个世界,使自己的头脑清醒。"

那个颓废的广告人窃笑起来:"波西蒙德头脑清醒没有错,那次洛夫乔伊勋爵让他去苏格兰待了六个月!还记得吗?那时他开始在办公室里看到蛇、美人鱼、侏儒之类的东西了。"

"骗人鬼"莫里斯大喊道:"你这个低级货!"

"波西蒙德的头脑从未像在他看到那些蛇之类的东西的时候那样清晰。他们说那是酒精戒断症状引起的幻觉。但事实并非如此,我知道,因为那时我是他的助手,该死的!"然后他接着说,在那个时候,1930年的春天,波西蒙德的妻子离开了他。对于她,就像对其他人一样,他曾预言"你将会嘲笑我"。她果然如此。然而,他继续工作,高效得像一个梦中人,用威士忌给自己加油,为了每个新的夜晚超人般的努力而备战——就像一个抢劫犯为了在打破珠宝商店橱窗和躲藏之间的几分钟疯狂冲刺,而对他偷来的旧车进行改装升级一样。波西蒙德·雷蒙德就这样从日落到日出,不停地轰鸣,留下一串惊恐的面孔、破碎的玻璃和刺耳的口哨声。

现在，那些人说洛夫乔伊勋爵容忍波西蒙德·雷蒙德，是因为那个非凡的新闻人物"有把柄在他手上"的人，对新闻大亨的记忆是不公平的。每个人对洛夫乔伊勋爵都有把柄，那些没有的人都会捏造一些来对付他，他对此并不在乎！洛夫乔伊勋爵是一个冷酷的人，一个不择手段的人，一个固执己见的人，有时甚至是残酷的人，但他既不是懦夫也不是傻瓜。他喜欢你或者不喜欢你，通常是因为错误的原因，但他是坚定的朋友，也是不可动摇的敌人。一天晚上——你永远无法预测洛夫乔伊勋爵的动向——他从加拿大返回，刚刚买下了五百平方英里的原始森林，准备将其碎裂成浆，供他的报纸使用。他身穿方格厚毛呢短大衣，朝办公室看了看。醉醺醺且刚上岗的夜班门卫问他是什么鬼东西。"我是洛夫乔伊勋爵。"这位小个子大亨说。"哦，是吗？我是'轰炸手'比利·威尔斯。"门卫说的是当时英国重量级拳击冠军的名字。洛夫乔伊勋爵接着说："你喜欢《每日特快报》吗？"门卫说："哦，我可不会用它来包裹杂碎和薯条。实际上，我根本不会带走这该死的破东西。只有我的小男孩喜欢在时尚版上涂色，可怜的孩子，他有一盒颜料。"

这时，洛夫乔伊勋爵的秘书气喘吁吁地赶到，带着他的老板去了楼上的办公室，那里有一张黑玛瑙桌子。在那里，洛夫乔伊勋爵说："那个叫'轰炸手'比利·威尔斯的人——把他从门口撤掉。开设一个新的儿童版块，让他当编辑，增加发行量。我们需要为十四岁以下儿童举办一个全帝国范围的绘画比赛，奖金五千英镑还有奖学金……你迟到了三分钟，你被解雇了……波西蒙德·雷蒙德在哪里？算了，我自己去找……"于是，洛夫乔伊勋爵走进了新闻编辑室，那里波西蒙德·雷蒙德正在用一个茶杯喝着带有杜松子味道的无色液体。一个晚上的工作快要结束了。可怜的雷蒙德的右手在流血——那根用来刺串被拒稿件的签子，尖头把他的手刺穿了。洛夫乔伊勋爵对他说："嗨，雷蒙德！看到什么新鲜事吗？"然后波西蒙德用他双节奏的低沉声音回答："蛇！狂乱的野兽！是的，我看到了一条美人鱼和一头老虎，还有一只长颈鹿正在窗外张望。在它的腿间，一些干瘪的侏儒在奔跑——"

"你喝醉了，波西蒙德，老家伙。"洛夫乔伊勋爵说，"你最好戒酒。来吧，毕竟，我禁止在上班时间看到蛇。休三个月的带薪假，去我在苏格兰的住处。你再叽叽歪歪一句，我就炒你鱿鱼。"然后他叫来他的秘书，说："哦，斯普雷，你今晚迟到了三分钟，失控了，需要休假。波西蒙德·雷蒙德也需要休假。收拾行李，立刻和他一起去洛夫乔伊湖。但是，从现在起，在接下来的十二个星期里，如果我听说，他的嘴唇碰了一滴——注意，是一滴酒，你就永久地被解雇了。赶快行动吧。"几番严肃交谈之后，新闻大亨对波西蒙德·雷蒙德总结道："……我得到了你的庄严承诺——三个月内不喝酒。否则你就完了。去见斯普雷，快出发。如果有什么特别的事情发生，请告诉我。再见。"

于是，波西蒙德·雷蒙德和陪他戒酒的秘书斯普雷一起去了苏格兰。他们刚走了十个小时，洛夫乔伊勋爵床边的私人电话之一就响了，他听到了波西蒙德·雷蒙德颤抖但平静的声音："你说过如果有什么特别的事情发生就告诉你。我从多格沃西交叉口给你打电话。听着，美人鱼在站台上奄奄一息。七个侏儒中的一个腿骨断了，他娇小的妻子正在用她发亮的紧身裤为他包扎伤口。等一下！街上有一头老虎逃出来了，还有一只长了五英尺长的橙色牙齿的老鼠，正在咀嚼烟草——而那可怜的长颈鹿，在我窗户玻璃上割伤了脖子——"

洛夫乔伊勋爵突然挂断了电话，打通了办公室电话，说："解雇雷蒙德和斯普雷。"然而，第二天早上，所有其他报纸都报道了这个事件：波西蒙德·雷蒙德乘坐的火车与一个马戏团搭乘的火车相撞，一时间，许多用来穿插表演的动物在多格沃西交叉口附近四处乱窜。

那所谓的美人鱼，是一条不幸的海牛。在广告上它被描绘成一个有鱼尾巴的性感金发女郎，在手镜前梳着头发，优美地唱着歌，但实际上它看起来更像是一只有乳房的海象。海牛从盐水箱里掉了出来，在站长的脚边呻吟着断了气。世界上最大的老鼠——卡皮巴拉鼠，或称水豚，迈着它长长的腿跑掉了，并在附近的菜园安顿了下来。园主是个害怕老鼠的老姑娘，她因此精神失常。其中一名侏儒杂技演员的确摔断了腿——《每日快讯报》刊登了一张他妻子三十英寸高的大照片，她正在为他的腿包扎着急救绷带。一只瘦弱的长颈鹿因破碎的玻璃受伤，而一头老态龙钟、萎靡不振且疏于照管的老虎，必须由六名志愿者抬回笼子里，当地的警察用草叉指挥着他们的行动。于是洛夫乔伊发了一封备忘录：回聘雷蒙德和斯普雷。波西蒙德·雷蒙德在一周内再次回到办公室，比以往更醉了……

虽然弗利特街的每个人多年来一直因这个故事而哈哈大笑，但现在莫里斯并不觉得有什么乐趣，他的心里充满了悲伤。他对我说："我们离开这里吧，杰拉尔德，我会告诉你我曾如何嘲弄可怜的波西蒙德·雷蒙德。天晓得，这一切都是为了好玩。事实上，我可以说，我对他开的这个玩笑产生了一种有益健康的效果，因为他在那之后一直到他去世，他再也没有以任何形式喝过酒。但他发现了我跟他开的这个玩笑，我想他也不曾原谅过我。但这句话在你我两人之间私下说说，你知道，他确实是自找麻烦。走吧，走到我家去，我会告诉你……"

"骗人鬼"莫里斯在雷德莱恩街的一个二手家具店上面有一个三居室的公寓。他找到了一些瓶装啤酒、两包薯片和一罐腌紫甘蓝菜，在客厅桌子上，将一台打字机、一顶帽子和一个装着准备洗的衣物的小盒子挪开，为它们腾出了位置。"这里有点闷，"他说，"但我不喜欢打开窗户，以免纸张被吹走。"他嗅了嗅，又补充说，"是的，前天我烧了一些鲱鱼，还有楼下那些沙发和床垫之类的杂物，确实有点臭味。真是个奇迹，这老家伙还能找到市场买它们。看到那台打字机吗？就是那台打字机……"那是一台大的旧款台式打字机，被糟蹋得很厉害，就像你在任何一家报社里都能看到的那样，是一台曾被千百双沉重的手使用过后不值一文的打字机。

在打字机框架的前面，深深地印着这样一行字：洛夫乔伊出版社财产——禁止携带离开！"这是波西蒙德的打字机。""骗人鬼"莫里斯说道，"他很喜欢它，不让别人用，他说打字机了解他，几乎可以自己打字。所以在他去世后，我偷偷把它拿来，留作纪念。当然，我敢说你知道波西蒙德·雷蒙德盲打真的了不起，比办公室里的任何女孩打字都快、准，而且有趣的是，他越紧张，打得越快。嗯，你还记得波西蒙德吹嘘那个所谓的撒拉森先知和那个十字军战士吗？有时，他还吹嘘他所谓的'预言天赋'，然后又吹嘘他在这台打字机上的'绝对准确性'。他称打字机为'拉塔普兰'——根据他的胡说八道，这是他的祖先拥有的一匹老战马的名字，据说这匹马两只眼睛都失明了，但仍然是十字军中最好的战马，因为它看不见危险。你知道，波西蒙德和我一直是最好的朋友，但有时候即使是最好的朋友也会有让人烦的时候——尤其是在1938年这一年，当时办公室里每个浑小子都像预言家以赛亚一样预言不断，并且怀疑让张伯伦掌权是否是明智之举。

"那时每个人都对一切了如指掌。你一定记得希特勒、戈林等人都是吸毒者、酒鬼和疯子；德国军队没有真正的将军，因为希特勒把他们都杀了，然后把可卡因成瘾者和变态者放在他们的位置上；德国军队大多数是靠宣传的——戈培尔让一支优秀的步兵连在摄影机前走了六次。甚至我的女佣都会在早上叫醒我，谈论马其诺防线的坚不可摧和英勇的小国家比利时……当然，老波西蒙德比其他人糟糕一千倍，特别是自从老洛夫乔伊让他写了那个著名的系列社论，总是以'你打算怎么做？'结束，就像卡图的'迦太基必须被毁灭！'他过上了自己最快乐的生活，波西蒙德可以尽情地预言。我们不得不剪掉一些最精彩的部分，但即便剩下的部分也变得阴郁而令人恐惧。洛夫乔伊勉强能够说'我早就告诉过你们'，但那些社论当时并没有让我们很受欢迎。

"而波西蒙德总是喝得烂醉如泥。他总是雷打不动地在'猪头酒吧'一直喝到凌晨三点，停下来吃个三明治，然后又去了新闻俱乐部喝上了，一直喝到离他的截稿时间大约还有一个小时。他勉强能够走到办公室，一屁股在椅子上坐下来。接下来你看到的情景就太神奇了：他虽然喝得烂醉如泥，但坐得稳如磐石，醉得连眼前一英寸都看不见的他，其实根本就不需要看。他会嗖嗖地换上一张打字纸，敲打出一篇完美的千字散文，手指在键盘上盲打的动作快捷如魔术师，眼睛却直勾勾地盯着虚空的地方,那样子让你感到毛骨悚然。整个过程只需要四十五分钟。有个小伙子会拿走打印稿,而波西蒙德则会钻进出租车回家。嗯,有一天,洛夫乔伊派他去法国参观马其诺防线,他像往常一样锁起了他的老打字机'拉塔普兰',把橱柜的钥匙交给了我保管,他一走,我就有了邪恶想法……

"我找了一个打字机修理师,他是我的朋友,我对他说:'阿尔夫,有一件小事我想请你帮个忙,只是为了开个玩笑——把这台机器上的所有字母键都拆掉,然后乱放回去。让键位保持原样,只是把字母打乱。比如,如果有人按下 A 键,他会得到一个问号,依此类推。你必须准备好在一个小时内随时把这些字母恢复到原来的状态。我给你五英镑。'

"于是他这样做了。我把老'拉塔普兰'打字机锁回了橱柜里,等待着。几天后,波西蒙德又满心欢喜地出现在'猪头酒吧',喝雅文邑白兰地喝得酩酊大醉,然后直接转喝杜松子酒。他拿着钥匙,我们问他:'波西蒙德,有什么新消息?你知道什么?'他只是转过身来说:'你们等着瞧!'就什么也不说了,但他的眼里满是比白兰地更危险的东西。我想,他要么是醉疯了,要么是发高烧了。

"当时我必须离开城市一个下午。我一直在想我玩的那个把戏,最后我把电话打到新闻俱乐部,想警告他不要再用这台打字机。但他已经离开了,走之前跟一些人说,他将以有史以来最伟大的预言震惊世人。我打电话到办公室。波西蒙德已经跟跟跄跄地进来，拿出了'拉塔普兰'，像往常一样在键盘上盲打完成了他的文章，从打字机上取下稿件，大声喊道：'实现了！我完成了！'当天深夜，我回到城里，直接去了办公室，波西蒙德的稿件，在那里引起了一些小小的骚动。当编辑看到那篇文章时，他大呼小叫地找波西蒙德，但他找不到人。原来他没有回家，而是去了杰尔曼街的土耳其浴场，在那里他用毛巾裹着自己，用一块格子腰布做成面纱，在热气腾腾的浴室里胡言乱语地大喊大叫。那里的人报了警，最后他们把他拖出来时，他说自己是艾莎公主，正在预言。人们在车站认出了他，并没有起诉他，所以他就去睡觉了。与此同时，我让阿尔夫重新装好了机器，当然已经提前为橱柜准备了一个备用钥匙，我按照波西蒙德当初放置的样子把打字机放了回去。

"第二天一大早，洛夫乔伊亲自打电话给他，告诉他立刻马上到他办公室去，波西蒙德照办了。至于那次会面时他们说了些什么，我始终不太清楚，但我知道老洛夫乔伊的为人，所以我可以很好地猜测出来。因此当我中午去'猪头酒吧'吃一个馅饼时，我心里很是不安。波西蒙德进来时，他的脸色绝对把我吓坏了——总是苍白得像奶酪的脸，现在变得像凝乳和乳清一样。酒保本能地伸手去拿杜松子酒，但波西蒙德说：'请给我来一杯姜汁苏打，布鲁姆小姐。'她吃惊得差点把瓶子摔了。他对我说：'莫里斯，我戒酒了——我终身戒酒了。你看这个。'然后他从口袋里掏出一张被揉成团的废纸。'洛夫乔伊把它扔到我脸上来。'他说，'他威胁要开除我，像往常一样。但当我看到这个东西时，我生平第一次只能道歉。我说我的打字机肯定出了问题。然后洛夫乔伊问我，那个我一直在大声喊叫的著名领导人是什么情况，我竟然一句话也想不起来了！我回去看老拉塔普兰，莫里斯——我的打字机没什么问题！我肯定是疯了。莫里斯，把这个东西扔掉，答应我，永远不要对任何人透露一句。'

"我答应了，我遵守了诺言。但阿尔夫最后还是揭了底，就像波西蒙德预言的一样，我成了这条街上对他的最大羞辱者和嘲笑者。但在他发现这个玩笑之前，将近一年的时间他戒酒了，所以对他来说这也许是件好事。"

"骗人鬼"莫里斯打开抽屉，翻找着一堆纪念品——赛马卡片、亲笔签名的菜单等等——然后拿出一张揉皱的黄色薄稿纸。他说："我没扔掉它，我留着。我对纪念品很感兴趣。你能想象老洛夫乔伊看到这个时的表情吗？"我拿起稿纸看了看，上面写着：

*Waf iakh er aaumqa Ibala ssad tunsabal mash naqatal ruma niyaa andzu booralbi lalalga deed.*

*O ulanya squtay ubuma. Hak azac at taraal qadar.*

*Way a tazauag alhila Iwal sa leebta khtb urgad dubzee al alf rigl waya temzali kfeea amda mual ginse eal ass faree.*

*Way a tazauag assal eebalkhu ttafmaa ssal eebalma akcof feel nari waldami khennayal taherma lkhamlual assad takhtal gadeebwa ifas wassal eebal maksoor.*

*Way a ssaadual assa dubaadi zali kmaalni srwatu alag alduf daamin aqda miha.*

*Waf eehazi bialsa na alsa natalkham soonmin kharbal alfazya assoo duassala amqem mamana alatwar tafa at fau qaalkhar abiwa alaanqa adialar dalmah rooka.*

"我可以想象得出来。"我说，"你介意给我一份复印件吗？"

"如果你愿意，杰拉尔德，""骗人鬼"莫里斯沮丧地说，"只要你写出这个故事，并把它卖给一家杂志，或许你会记得给我百分之二十五的分成，老伙计？"

如果不是1994年4月我前往美国时，我的老友马伦戈博士来到我的家中为我送行，我或许根本就不会把这个故事写下来。

当然，马伦戈博士是作为漫画家凯姆最为人所知的，但他也以政治学家、国际法专家和语言学家而闻名。他能说会写十七种欧洲和东方语言,而且表达流利又准确。

当我们像老朋友一样闲聊时,我翻看着一个装满了琐碎纸张的档案盒。在那些失去意义的象形文字笔记和我已经忘记收藏意义的报纸剪报中,我找到了我复制的波西蒙德·雷蒙德写领导人的文章。

我将它交给了凯姆,并说:"你擅长解密。你认为这是什么?"

他拿过纸,戴上他的单片眼镜,停止了吃咸花生,几分钟内他专注地盯着眼前的文字。

然后他说:"亲爱的杰拉尔德,这根本不是密码,实际上,这是纯阿拉伯文,用罗马字母把它的发音写了出来,只是一些单词被分开,而其他的则连在了一起。只需大声朗读,意思就会变得很清楚。"

"阿拉伯文?"我说,"我听到你说是阿拉伯文?"

"当然——

*Wafi akher aa 'uam qalf al ássad tunsab al mashnaqat'al rumaniya annd zuhoor al hilal gadeed.*

*Oulan yasqut ayuhuma. Hákaza sáttara alqãdar.*

"英文的意思就是:在狮子之心的最后一年,罗马的绞刑架必须抵挡新月,二者都不会倒下,如此所写。

"比如,这是第一段的准确的发音,也是对第一段的一个准确翻译。我应该——"

"罗马绞刑架?"我喊道,"那就是十字架!新月——伊斯兰教的新月!狮子之心的最后一年——十字军东征,理查德·狮心去世的年份!"

"没错,杰拉尔德,在 1199 年,"凯姆说,"那么你觉得第二段是什么意思?"

*Wayatazáuag' alhilal wal' saleeb takht burg addúb zee al alf rigl, wa yätem' zalik fee aam dámu al ginsee al assfáree.*

"这句话的英文意思是:十字架和新月将在千足熊的标志下联姻。这是黄种人之血的年份。"

我说:"喂,凯姆,显然这是指苏联!有一千条腿的熊是俄罗斯——十字架和新月意味着锤子和镰刀!继续!"

凯姆说:"根据意思来翻译,第三段说的是——当狮子在棍棒、斧头和破碎的十字架下被羔羊吞噬,十字架与骗子将在火与血中结合。"

我大喊:"苏德亲密条约!锤子和镰刀将与纳粹党结合,当狮子(代表英国）被羔羊（希特勒的星座标志是羔羊）在墨索里尼的法西斯党徽和纳粹的十字记号下吞噬！"

凯姆说："下一段相当有趣——

*Wayassá'adu al ássadu ba'adi zalik maal'nisr, watu'alaq dufda'a min aqdámila.*

"意思就是：然后鹰将与狮子共庆胜利，而青蛙将被脚悬挂。

"当然，杰拉尔德，鹰就是美国。那段必然指的是盟军的胜利和'彭甸沼泽的牛蛙'墨索里尼的死亡。他们确实把他倒挂着，你知道的。"

"继续！继续！"我恳求道。

凯姆继续说："最后一段是最有趣的……

*Wáfee házili alsána, alsánat' al khamsoon min kharb al alfaz, yassoodu assalaam qemmáman aalat wa'rtaf äat fauga alkhárabi waala anqaadi al ard almahrooka.*

"这段文字大致意思是：今年是口水战的第五十年，和平将降临在焦土之上的高处。"

我说："战争的第五十年——这可能意味着冷战将持续半个世纪，直到1995年左右。但接下来关于焦土的部分，那是指氢弹、钴弹，或者更糟糕的东西吗？"凯姆耸耸肩，说："杰拉尔德，你从哪里得到这份了不起的文件？"我告诉了他"骗人鬼"莫里斯讲述的他在波西蒙德·雷蒙德身上玩的那个把戏。凯姆笑了，说："是的，可怜的莫里斯喜欢开玩笑。如果你不介意，我想问——你有没有想过，也许可能是他在和你开玩笑，杰拉尔德？"

"什么，用阿拉伯语？"我说，"对于'骗人鬼'莫里斯来说，这太微妙了。而且请记住，这是在战争之前，1939年。"

"当然，"凯姆说，"我必须考虑到你也是个爱开玩笑的人，也许你在和我开玩笑。"

"我发誓我没有！"

"好吧，真的。"凯姆说，"我只能说这太奇怪了……"他递给我一张纸，上面写着他做的笔记。"这是根据你给我的东西翻译出来的。毫无疑问，是纯正的阿拉伯文。我建议我们把这当作弗利特街的一个恶作剧，杰拉尔德，这样会比较健康。"那么，就这样看待它吧。

但我真的希望，我能弄明白波西蒙德·雷蒙德，或者无论是什么灵魂在他身上的附体，他那最后两句话的确切含义。我们必须等到1995年，看看会发生什么……

# 乞丐之石

平原上单调乏味，令人心碎，哪怕是能看到一棵枯萎的树，你都会谢天谢地。

土地平坦。路分了岔，一直延伸到未知的远方。环顾四周,渺无人烟,什么都没有，只有尘土和青草，一阵干燥忧郁的风，把云朵扭曲成痛苦的形状。忧伤的平原充满了传奇色彩。

在地上挖一挖，你可能就会发现奇怪的东西：有疤痕的头骨、金属碎片、污损的硬币、轻轻一碰就变成绿色粉末的武器。它像大海一样吞没了人。鞑靼人带着一群荒原的刁民曾经从这里走过："我的马蹄经过的地方，寸草不生。"然而，草长出来了。小草总是在最后获胜，它覆盖了一切，谦逊地在风前弯曲，但它的根紧紧抓住大地——苦涩、贪婪的普什塔草吞噬着土壤。

我说这条路分叉，而且非常孤独。但是，在离它分叉几步远的地方，矗立着一块石头，古老得无法估量，被粗糙地打磨成了长方形，被自己的重量埋没了。这一带的人都说它是在"自掘坟墓"。

石头过去是平躺着的，现在它直立了。在它原来躺着的地方有一个很深的洞。草已经开始侵蚀石头本身。坚硬苍白的表面长出一簇簇稀疏的草，就像一个老人胡须稀疏的下巴。这些草在某种程度上使石头看起来更为古老。月光映照下，草给了石头一个怪诞的生命模样。

这块石头的三面都刻有铭文。弯下腰，你可以读到地球上所有语言的首字母、名字和断句：J.H.、M.B.Hunyadi，几个十字，用古斯拉夫语写的"上帝将惩罚他们"。在一个角落，有人费力地刻下了一颗心和一支箭。罗马字母、希腊字母、俄语、鞑靼字母、格鲁吉亚字母，都可以在那里找到。甚至还有一个法奥兹的名字，用卷曲的阿拉伯文字雕刻得很漂亮。这些名字和符号属于谁？只有上帝知道。

总有一天，这些荒凉的痕迹也会被雨水和灰尘擦掉，什么都没有了，只剩那块疲惫的老石头，在荒凉的平原岔路口，不知不觉地解体。

为什么石头会落在那里？几个世纪以来，没有人知道，流浪汉们把它当作座位、床铺、厨房和聚会场所。光是他们身体的摩擦就在里面磨出了一些小洞。他们身体的重量有助于把石头往下压去。他们的名字刻在石头上。他们除了名字什么都没有留下。毫无疑问，他们中的一些人穷得连名字都没有。在欧洲冗长的道路上，行尸走肉的男人和女人、脱离社会的人、迷失的灵魂、被上帝遗忘的人、绝望的人、捡拾垃圾的人、求施舍的乞丐、靠身体伤痛和畸形讨取生活的人、驯熊师、孤独的土匪、流浪的音乐人和柔术演员——他们都在那块石头上休息，如果有痕迹可以留下的话，就留下自己的痕迹，然后走向未知的坟墓。

直到今天，当地人都叫它"乞丐之石"。1906年的一个晚上，两个人在石头边相遇。第一个人只有一条腿。他是一个矮矮胖胖的家伙，衣着褴褛，头戴一顶压着耳朵的牛仔圆帽，胡子拉碴，他看上去更像一颗灰色发霉的蔬菜。

另一个人则像一个悲惨的罪犯。生活把他压榨得干干瘪瘪，就像被压榨过的葡萄一样。他的脸就是罗塞塔石碑，上面有斧砍刀刻下的象形文字般的伤痕，以及碎玻璃留下的奇怪痕迹。有人曾试图杀死那个人，但他已经没有了希望和恐惧。

"晚上好。"他说。

"晚上好。"

"冷。"

"苦。"独腿男人一边护理着他的假肢一边说,"从很远来吗?"

"够远了。你呢?"

"够远了。你要去哪里?"

"布达,也许吧。你呢?"

"也许是布达。你叫什么名字?他们叫我比斯卡。"

"普罗布卡。"独腿男子叹了口气,"好吧,石头还在这里。我在这里睡了很多个晚上了。"

"我也是。看到那个凹痕了吗?和我的头很吻合。它可能就是为我准备的。"

"好舒服的石头。"比斯卡笑着说,"它竟然给我们提供了这么多帮助,真是太好了。哈!一块石头。我看你挑的是南边。你不傻,你很在行。很好,你有食物吗?"

"我有一些面包。"普罗布卡说。

"我有一些培根。"比斯卡说。

"我有一些葡萄酒。"普罗布卡拿出一个瓶子。

"我们可以举行一次宴会。"比斯卡喃喃自语,咧嘴笑着说,"看看这个。"他拿出五个雪茄烟头。

"情况并不总是这样,比斯卡。"

"你说得对。培根、面包、葡萄酒、雪茄。你还想要什么?鹅?"

"我想说的是,我并不总是这么穷。"

"谁在乎呢?"比斯卡说,"无论你多么贫穷,总能找到安慰。在某个地方,有一个人比你更穷。你总有别人想要的东西。我在梅德弗利酒窖,看到一个人背后被刺伤,为了争抢一只鞋底有洞的旧靴子。瞧瞧,这有理吗?"

"梅德弗利酒窖,那在布达佩斯。"

普罗布卡说:"在春天,如果你在那些酒店边转悠,亲爱的先生,你会对他们扔掉的东西感到惊讶。春天,在布达佩斯的垃圾箱里可以捡到很多家禽的腿。"

"腿?有一次我发现了半只鸭子。我把它掸了掸,就像新的一样。他们有那么多东西,这些人,他们不知道该怎么办,所以他们把它扔进了垃圾箱,上面还有酱汁呢。"

"我曾经发现一整只鸡。"普罗布卡说。

"是吗?我曾经在一个铜锅里发现了一只鹅,一整只鹅。"

"你可劲吹牛吧。"普罗布卡清楚地说。

"瞧给你羡慕的。"

"呸。"普罗布卡打开瓶盖,"以前我在柏林认识一个人,有一天他碰巧打开一个垃圾箱。你猜怎么着?发现了一只火腿。我告诉你,一整只火腿,上面只切去了一点点。把香肠给我!"

"以前,"普罗布卡说,"我以前常吃香肠,一种用鹅油和大蒜做成的特殊香肠。"

"百万富翁。"比斯卡冷笑道。

"我以前做收购旧货生意。"

"你不必用那破事来骗我。我过去在塞赫咖啡馆守过场子。我有一套蓝色制服。我差点买了一块手表。"

"天哪,"普罗布卡说,"天变冷了。我敢打赌,我们两个都活不过冬天。"

"我也当过马车车夫。我不介意告诉你,那时我有一些不错的靴子。"

"我们应该生火。"普罗布卡说。

"我的主人是伯爵。我们有阿拉伯马。"

"我过去常常在冷夜喝热白兰地。苍天在上,我多想现在就喝上一些。你知道去年冬天这里发生了什么吗?"

"什么?"

"一名妇女被发现冻僵在这里,她怀里抱着一个刚出生的婴儿,还是一位太太。"

"太太!"

"是的,她坐在这里,脸色发青,身体僵硬,怀里抱着一个出生不到两个小时的婴儿。"

"如果她是一位太太,她就不会在这里了。她会在家里,在炉火旁,那是她应该待的地方。"

"你不懂,比斯卡。也许是出了不体面的事情。我和许多贵族家庭打过交道,我理解这样的事情。"

"还记得那些狼吗?"比斯卡说,"那个冬天,狼来到这里,他们派了五十名士兵来杀狼。啪!啪!第二天,他们在雪地里只找到了五十支步枪,连一点血迹都没有,它们已经把血迹舔了个一干二净。这些狼就是恶魔。"

"是六十个士兵。"

"五十个。"

"我来这里已经三十年了,所以我应该知道。"

"我在这里断断续续地待了四十年。"

"我会读会写。"普罗布卡说。

"我能读大写字母。"

一片寂静。然后比斯卡笑了,说:"太阳看起来像血。"

"我应该知道这里发生了什么。"普罗布卡不高兴地说,"这块石头就是我的房子和家。"

"好吧,该死的,对我来说也是。这里就是这样一个地方。'现在去哪里?'你说。然后我说:'我们去石头那里吧。'就是这么回事。"

"你可以坐在这里,在这里睡觉,在这里说话,在这里吃饭。这是一个俱乐部。你也可以写下你的名字。这样就有一些东西。我在那里刻下了我的名字。"

"我没有刻我的名字,"比斯卡说,"但我刻了一个十字形。"

"我们睡觉吧。"普罗布卡说。

天亮时又来了四个流浪汉。有一个女人长得不像女人,还有一个男人长得不像男人,他们有一捆用旧羊皮包着的破布,他笑着抽烟,妻子坐在那里陪伴着他,沉默不语。他们坐在石头上长满青苔的凹痕里休息着。

"可是现在来的是谁呢?"比斯卡突然问道。

一列拉货的马车,后面跟着一辆精致的四轮马车,沿着北岔路口缓缓地驶来。流浪汉们看着,看到还有人穿着制服,骑着马。

一个身着蓝色和银色相间衣服的大个子,胡子足足有十二英寸长,骑马来到石头前,目空一切地怒视着流浪汉,皱着鼻子说:"走开。"

"先生?"普罗布卡说。

"滚开。"

比斯卡咒骂着。

"走开!"留着胡子的大个子吼道。流浪汉拖着沉重的脚步走了。只剩下普罗布卡和比斯卡。

"我们坚持我们的权利。"普罗布卡说,"这是我们的石头。"

骑马人拔出左轮手枪说:"给你们两秒钟。"

"如果你开枪,那就是谋杀。"普罗布卡说。

"滚开!"

普罗布卡走了,比斯卡紧随其后。他们远远地看着。裹着羊皮看不出模样的人,第一次也是最后一次开口说话:"我在石头右边角落用马蹄铁,为雅诺什刻了J,求好运气。为埃特尔卡刻了个E。那是我的老婆。"

"他们带来了一只起重机。"比斯卡说,"他们正在把石头搬走。天哪!我们……"

"要跟枪对着干?"普罗布卡说,"我认为他们只是在翻动石头。"

那个不像女人的女人突然尖叫起来:"它动了!"

累积了几个世纪重量的石头慢慢地移动着,地面裂开了。暴露在阳光下的苍白昆虫蠕动着,它们受到惊吓,又钻回了土里。

石头发出呻吟声,起重机呻吟着。干活的人呼喊起来。观看的人们屏住了呼吸。普罗布卡祈祷道:"哦,上帝,让铁链断裂吧!"

铁链坚持住了。石头的底部沾着黑色的泥土露了出来。流浪汉们大声喊叫。他们在脚底感受到了巨石的震动。一个工人喊道:"稳住!"石头立着,轻轻地摇晃着。一位老先生说:"现在,就这样。"不久,人们用横梁支起石头，开始挖掘。夜幕降临时，点亮了火光。这些人挖到天亮。更多的人拿着镐和铁锹来了。那些已经五十多岁的流浪汉们，在一旁窃窃私语。

新挖的坑里传来了一声喊叫："埃尔扬！埃尔扬！"这是一声胜利的呼喊。铁链再次叮当作响。男人们咕哝着。"嘘！"奇怪的东西从地里露了出来，沉闷、肮脏的盔甲碎片、巨大的罐子和水槽、破旧的杯子、弯曲的圆盘——形状尺寸陌生怪异的旧金属碎片。

普罗布卡在一名守卫人员面前轻鞠一躬，问道："尊敬的先生，您能告诉我这个旧铁为什么埋在这里吗？"

"那不是旧铁，"守卫人员说，"那是纯金。它是上帝之鞭，阿提拉的宝藏之一。听说它值好几百万。"

普罗布卡说："七百年来，我们一直处于快要饿死的状态。"他不再说什么。痛苦太多，无以言表，就连那些该死的可怕词汇也不足以表达。

流浪汉们在洞的周围扎营。当挖掘者离开后，他们用手指在坑里扒拉着，希望能找到一些被遗忘的硬币或珠宝。但他们什么也没发现，除了虫子和石头，还有一股浓重的坟墓气味。于是，他们终于踏上了无尽的、被风吹得支离破碎的平原，尽管它覆盖过宝藏，自从它被人挖掘后，再也没有乞丐在这里休息过，但平原上的人们仍然称这块石头为"乞丐之石"。

# 布莱顿怪物

到了1943年，英国人已经被反复灌输了旧布、骨头、瓶子和废纸的重要性，以至于人们对回收这些废品有了一种病态、狂热的情绪，有些类似于一种疾病。英国人被迫认识到浪费会导致付出生命的代价。商船海员冒着一切风险，把木浆、食品和金属等货物运到我们的海岸。如果你留着一本不需要的书，或者烧掉一封情书，丢掉一个发夹，或者把一小片土豆皮扔进错误的容器，你都会感觉自己就像谋杀了一名海员。人们掀起了轰轰烈烈的回收废品的运动，收集包括以前从未被考虑过的废料，尤其是废纸。政府部门，甚至位于贝德福德罗的老牌律师事务所，都不再保存他们陈旧过时的文件。政府当局庄严承诺，私人文件将会被撕碎和制成糨糊，这个过程中确保无人阅读。

在那些无畏的日子里，我是《人民报》的战地记者。在前往圣雅各布斯的美国第九航空兵部队之前，有一天下午我去了一趟办公室，发现通道被堆积如山的桶子、篮子以及成捆的废纸堵住了，它们等待着被人回收（也许我现在写字的纸就来自那些废纸）。在气氛活跃的老式办公室里，有成千上万封信件、无人认领的打印稿、通常是女性手写的味同嚼蜡的诗歌手稿、陈旧的电报和发霉的校对样、一些不值得销售或赠送别人却寄来让人审阅的书。

我有一个难改的恶习，就是喜欢在垃圾堆中翻找东西。我什么东西都要触摸一下。因此，我翻动了最前面那个篮子，并扫了一眼一封写在手工制作信笺上的信，写信者是一位贵族，信上预示了世界末日。随后，我又捡起了一本没有装订、缝制粗糙的小册子，是由伦敦帕特诺斯特街的帕特里奇公司在1747年印刷的。

一张无署名、无日期、无地址的便条，被生锈的回形针附在小册子上，便条上写道："亲爱的编辑，我在我祖父的圣经中发现了这本小册子。请你随意使用。因为我不想公开自己，我没有写姓名和地址。作为贵报的忠实读者，我过去三十年来的唯一愿望就是为你做点好事。"这张便条是一位老太太写的，她可能患有风湿病。

无论她是谁，如果她能与我联系，我将乐意把这个故事获得的报酬全部给她，让她自行支配。因为这本未装订的1747年的小册子，记录了历史上最可怕的一个事件，可谓是我们这个时代最引人注目的一个事件。

这本小册子本身其实只是一堆自命不凡的废话，由一个对自然哲学有一知半解的人所写。在18世纪和19世纪，那些对自然哲学有一知半解的人们，闲来无聊喜欢自费出版自然哲学书籍。他们用浮夸的、充塞着拉丁词汇的"哲学"语言，描述海藻和雷电、电气和氧气、合金和大黄，现在看起来很是荒谬可笑。

当时几乎什么都称"非凡"或"超常"，特别是那些怪异的活宝。那个胖子兰伯特只因为体型庞大而成了名人，另一个人之所以出名仅仅是因为他是个侏儒。这本小册子的作者试图以他的文字之羽挠痒公众来吸引他们的注意力，写了一篇关于1745年夏天，在萨塞克斯郡布莱特海姆斯通[1]几英里外的海域，一个渔夫捕获怪物的故事。

作者是亚瑟·提蒂牧师。我将他看作是那个时期那些咄咄逼人、自信满满的牧师之一，经常狩猎，大量喝波尔图葡萄酒，脸色紫红，一个财富自由的人，试图让世人和自己相信，他是一个深刻的思想家，一个能洞察上帝神秘工作的人。他的文风给人感觉是酒醉、粗枝大叶、

---

[1] 现今的布莱顿。

重复赘余。然而，他必定受过相当的教育，他用拉丁语、希腊语、希伯来语、法语和意大利语和怪物交谈，可怪物一句也不懂。而且他稍微会画画，注解下方印着"提蒂·德林"。

要不是因为日期的巧合，我是绝不会费心收藏亚瑟·提蒂牧师《关于萨塞克斯郡布莱特海姆斯通1745年8月6日捕获的奇异怪物的描述》这本小册子的。那个日期刚好是我出生的日子，也就是8月6日。所以，我把泛黄的、潮湿斑驳的书页塞进我的战斗服胸前口袋，之后就没有再想起它们，直到1947年4月，一句不经意的话让我像疯子一样叫着，冲向储藏我旧制服的橱柜。

这本小册子还在口袋里。即使给我五百英镑，我也不愿意失去这本小册子。

我不想给你解释亚瑟·提蒂牧师的冗长、高调的文字，或他如何对《物性论》的引经据典，这样会浪费你的时间，或者消磨你的耐心。我提议给你原原本本地说说布莱特海姆斯通怪物这件奇事。

布莱特海姆斯通现在是萨塞克斯郡海岸上一个人气很旺的繁华的度假胜地，坐落在唐斯丘陵旁边。但在亚瑟·提蒂牧师的时代，没有人听说过这个地方。乔治四世成为摄政王以后，他给这里带来了人气。他的医学顾问推荐了这里的空气和水。他的大驾光临让布莱特海姆斯通变得时尚起来，人们频繁地提到这个地名，便把它的名字缩短了。

但在 1745 年，它还只是一个默默无闻的村庄。

如果不是因为 1745 年 8 月 5 日晚上，渔民霍奇在布莱特海姆斯通附近的平滑如镜的海上，度过了一个运气不佳的夜晚，也就没有这个故事了。他和他的姐夫乔治·罗杰斯一起出海，却只捕到了几条不值钱的小鱼。霍奇绝望了。他在村里以败家子和酒鬼出名，人们怀疑他与史马克旅馆的女服务员有一腿——据说她在第二年春天为霍奇生了一个孩子。他欠了十五先令的酒钱，而且需要添置一张新的渔网。因此，霍奇很可能一直待在船上，直到 8 月 6 日黎明，因为他害怕面对他的妻子——而且顺便说一句，他的妻子也怀着孩子。

最后，他带着郁闷的心情，疲惫不堪地准备回家。

然后，他说，出现了水花溅落声——但又不像溅落声，它更像是巨大泡沫的破裂声，就在离船不到十码的海面上，浮现出了一个怪物。

乔治·罗杰斯说："哎呀，杰克·霍奇，那是个人啊！"

"人？它怎么可能是个人？人从哪里来？"

那个伴随着巨大泡沫破裂声出现的生物漂浮得更近了，霍奇伸出钩杆，将它的下巴钩住，拉到了船舷边上。

"那是个男性人鱼，"他说，"而不是基督徒。你看它，全身都是蛇和火龙的图案，黄得像鼻涕虫的肚子。上帝啊，乔治·罗杰斯，如果它还活着，这可能是我出海以来最棒的一夜！上帝保佑！如果真是这样的话，我可以把它卖个好价钱，价钱比我过去二十年捕捉到的最好的鱼要高，比其他任何渔夫捕到的鱼，卖出的价钱更高。伸出手来，乔治小子，让我们摸摸它。"

乔治·罗杰斯说："它还活着，天哪！你看，血从鱼叉刺入的地方流出来了。"

"那就把它拉上来，别站在那儿张着嘴巴，像个蛤蟆似的。"

他们把怪物拖进了船里。它的形状像个人，从喉咙到脚踝处都覆盖着色彩鲜艳的奇形怪状的图案。一只像蜥蜴一样绿、红、黄、蓝颜色相间的东西，盘踞在胸骨和肚脐之间。巨蛇盘绕在它的腿上。怪物的右臂上刺着一条红蓝相间的小蛇，蛇的尾巴盖住了食指，它的头藏在腋窝里。在它胸前的左手边，有一个火红的大心形图案。一只红绿相间的大鸟，像鹰一样展开翅膀，从一侧肩胛延伸到另一侧肩胛。一只红色的狐狸，从它的脊椎中间开始追赶着六只蓝兔子，追进了它两腿之间某个不知晓的隐藏之处。在它的左臂上有龙虾、鱼和昆虫，而在它的右臀部，有一只章鱼摊开四肢，用触角包围着它的下半身。它的右手背上，装饰着一只黄、红、靛、绿的蝴蝶。再往下，在喉咙中央，也就是骨头开始的地方，有一个奇怪的难以理解的邪恶符号。

这个怪物一丝不挂。尽管它外表奇特，但无疑是一个男性人类。乔治·罗杰斯是个怯懦但值得尊敬的人——他用麻袋盖住了怪物。霍奇撬开怪物嘴巴，看看它的牙齿，并警告他的姐夫拿着一把斧头站在旁边，以防万一。这个从海里冒出来的人形生物，牙龈是红色的，舌头是红色的，牙齿像糖一样白。

他们给它灌下一点杜松子酒——霍奇在船上总是带着一瓶杜松子酒——它颤抖着复苏过来，用一种奇怪的声音喊叫着，睁着狂野的黑眼睛，疯狂地左顾右望。

"把它绑起来。你绑它的手，我绑它的脚。"霍奇说。

怪物没有反抗。

"把它扔回去，"乔治·罗杰斯说，他突然感到一种莫名的恐惧，"把它扔回去，我说，杰克！"

但霍奇说："你鬼迷心窍了吧，乔治·罗杰斯，你这个天生的傻瓜。我可以卖它二十五个基尼金币。把它扔回去？我把它扔掉能换来半毛钱？你这个没头没脑的傻瓜！"

没有风。两个渔夫划向岸边。怪物躺在舱底，翻着白眼。傻乎乎又好脾气的罗杰斯递给它一块面包皮，它贪婪地抢了过去，结果伤到了他的手指骨头。然后霍奇试图把一条蠕动的活鱼塞进它的嘴里。"但是怪物'噗'的一声吐了出来，恕我直言，就像瓶子里的软木塞弹出来一样。"

当他们靠岸时，布莱特海姆斯通沸腾了。连亚瑟·提蒂牧师也丢下了书和早餐，戴上他的三角帽，拿起他有斑点的手杖，走到鱼市去看发生了什么事情。他们告诉他霍奇捕到了一个怪物，一只看起来像人的鱼、一条男性人鱼、一只马鹿鸟，或者说狮身人面怪——天知道是什么。人群散开，提蒂牧师走到怪物面前。

尽管这个怪物听不懂希伯来语、希腊语、拉丁语、意大利语和法语，但它是人类，或是极为类似人类的东西。这很容易看出来，它能皱起眉头，眯起眼睛，这表明它有能力理解或想要理解，这是一回事。但它不会说话，它只能语无伦次地呼喊，显然极为痛苦，就像一个人在噩梦中被吓瘫痪了。亚瑟·提蒂牧师说："笨蛋，无知的笨蛋！你们这些傻瓜，这不是海怪，也不是大自然的天生怪物，而是一位不幸遇难的水手。"

根据这本小册子所写，霍奇说："尊敬的大人，请宽恕我的冒昧，这怎么可能呢，因为过去两周这一带没有风，也没有外国船只。如果这位是不幸遇难的水手，那么他船的残骸在哪里？在哪里失事的？我非常尊重大人的意见，但我谦恭地请问大人，他是如何如你所说，毫无征兆地从一个泡沫中出现在水面上漂浮着的。如果大人肯花点时间观察一下这只不幸动物的皮肤，大人就会发现，它根本没有在海里浸泡过很长时间的痕迹。"

我一点也不认为这是霍奇真正说过的话，他大概是以愤怒的抗议形式，通过一两句咬牙切齿的咒骂来强调论点的实质。然而，亚瑟·提蒂牧师看出渔夫的话"不无道理"，于是提议把怪物带到他家里检查一下。

霍奇极力抗议。他说，这是他的怪物，因为是他在海上用自己的双手、用自己的船捕捉到的。不管是不是牧师，哪怕提蒂本人是大主教，他也有保护自己财产的权利。在他们争论期间，那怪物昏了过去。牧师给了霍奇一枚银币，借用怪物去做哲学观察。他们往怪物身上倒了几桶海水，怪物颤抖着叹了口气，恢复了知觉。人们便笃定它是来自海里的。然后，它被抬到提蒂的房子里。

它拒绝喝盐水，更喜欢喝淡水或葡萄酒，吃熟食，用明显的鬼脸表现对生鱼和生肉的厌恶。它躺在一堆干净的稻草上，盖上一条用海水湿润过的毯子。不久，布莱特海姆斯通怪物苏醒过来，似乎很想走路。它甚至能发出类似人类说话的声音。

亚瑟·提蒂牧师用一条旧马裤和一件旧衬衫遮住了它赤裸的身体……好像之前它看起来还不够怪异似的。

他称了它的重量，量了它的尺寸，给它进行了抽血检验，以便发现它的血液是浓稠还是稀薄，是冷血还是热血。根据提蒂牧师烦琐的描述，这个怪物约有五英尺两英寸高，体重刚好一百一十九磅，能够直立行走。它拥有令人难以置信的力量和超人的敏捷性。有一次，亚瑟·提蒂牧师用皮带牵着它出去散步。当地的铁匠克利福德,也是霍奇的好朋友,因其肌肉发达、脾气暴躁而臭名昭著,后来因为打断了约克郡摔跤冠军的胳膊,他克利福德的名字便闻名了全国。他在铁匠店外和亚瑟·提蒂牧师搭讪,说道:"啊,原来这就是霍奇的猎物,你把它偷来了。我来摸摸看是不是真的。"说着,他用他那只能折断马蹄铁、能把铁棒拧成螺旋状的大手,狠狠地捏了捏那怪物的肩膀。一群怀着敬畏的孩子和村民目瞪口呆地目睹了这个过程。那怪物怒气冲冲地露出雪白的大牙齿,动作快如闪电,一把抓起足有两百磅重的铁匠,把他扔到了三码开外的一堆废铁上。有那么一两秒钟,提蒂牧师以为这怪物要发狂了,因为它神色大变,鼻子颤抖着,眼睛闪烁着凶狠的智慧,从它张开的嘴里发出一声奇怪的叫声。然后,这只怪物又陷入了极度的沮丧,让人悄悄地把它领回了家,而那个铁匠惊惧万分,鼻青脸肿,流着血,带着那种目睹过不可思议事情发生的神情,一瘸一拐地回到他的铁砧旁。

然而,这个怪物病得很重。它吃得很少,有时候,一口食物要无精打采地嚼上十五分钟。它喜欢蹲着,眼睛一眨也不眨地盯着大海。自然会让人认为它怀念家乡了,所以人们隔一段时间就给它淋上几桶盐水,如果它愿意的话,还会给它一大盆海水让它睡在里面。一位博学的医学博士从多佛远道而来,对它进行了检查,宣布它是人类,是呼吸空气的哺乳动物，毋庸置疑。然而，鲸鱼和鳄鱼也是生活在水里呼吸空气的动物。

霍奇时而威胁，时而呜咽，声称他的财产归他所有。亚瑟·提蒂牧师叫来了他的律师，律师用拉丁文引语、法律术语、含蓄的暗示和冗长的词语把这个倒霉的渔夫弄得云里雾里。于是他在一份文件的下面潦草地画了个十字形代替了签名，在这份文件中，他同意接受当场支付七个基尼金币，便放弃所有相关怪物的索求。在那个年代，七基尼金币对一个渔夫来说是一笔不小的数目。霍奇从来没有见过这么多金币堆在一起，也从来没拥有过一枚金币。尽管如此，怪物最后还是给他带来了厄运，如果霍奇在那个八月的早晨，不是在平静的海面上开心地游荡，而是回了家，对他来说倒是更好。

一个巡回演出的人去拜访亚瑟·提蒂牧师，愿意出二十五基尼金币买这个怪物，但提蒂拒绝了。提蒂牧师对自然哲学有兴趣，这个怪物是非卖品。这位演员在斯麦克酒吧中谈到了这件事，已经连续喝醉了一个星期的霍奇，这时表现得"像个疯子"，提蒂轻蔑地在脚注中写道。霍奇要索回他应得的二十五基尼金币的余款，给自己惹上了大麻烦，最后因为胡闹被罚款和逮捕。他被当作一个不可救药的酒鬼戴上了木枷，布莱特海姆斯通的一群顽皮的小顽童向他扔鱼内脏。这时，他头脑简单的姐夫罗杰斯在霍奇泼妇一样的姐姐怂恿下和他吵了起来。罗杰斯要七基尼金币的一半,霍奇只给了他十二个先令。霍奇被狠狠地训斥了一顿后,恢复了自由,浑身散发着死鱼的可怕气味。他去了斯麦克酒吧,点了一夸脱烈性麦芽酒,酒装在一个沉重的罐子里。罗杰斯上午来喝点小酒,他对霍奇说,他就是个该死的流氓。霍奇气得快要发疯了,喝完他那夸脱酒,就用罐子砸罗杰斯,打碎了他的头盖骨。不久之后霍奇就被绞死了。

所以布莱特海姆斯通怪物也给可怜的罗杰斯带来了厄运。

亚瑟·提蒂牧师也因为这个怪物而吃了苦头。在罗杰斯被杀和霍奇被绞死之后,渔民们开始恨他。夜里,有人把大块的石头砸向他的百叶窗。有人放火烧了他的一个干草堆。这一定使得提蒂牧师想到,烧麦垛和烧死牧师,无非都是同样要判绞刑的。他打定主意到伦敦去,去生活在彬彬有礼、喜欢言谈自然哲学的圈子里。渔夫们也讨厌这只怪物,他们认为它是一种魔鬼。

但是怪物并不在意。它身体正在衰竭,一种神秘的疾病让它奄奄一息。那怪物身上的不同部位出现了奇怪的疮,起初像人被荨麻刺伤后出现的白色小肿块,慢慢地烂开,总也不会愈合。现在,松弛的皮肤使龙、蛇和鱼看起来活灵活现,令人作呕。怪物一呼吸,它们就扭动。医生给怪物放血。一位兽医把融化的沥青倒在伤口上。亚瑟·提蒂牧师把它泡在海水里,并把它锁在一个房间里,因为它已经表现出想逃跑的迹象。

最后，在距它第一次出现在布莱特海姆斯通将近三个月后，怪物逃走了。一个叫艾伦·英格利希的老男仆，当着亚瑟·提蒂牧师的面，打开了门，以便给这个怪物它每天要吃的蔬菜和煮肉。钥匙一转，门就被猛地打开了，英格利希一头向前扑倒在房间里——他的手还抓着门把手。怪物尖声大叫着跑了出去。亚瑟·提蒂牧师一把抓住了它的肩膀，他就像风中的一片叶子一样瞬间被吹走了，昏倒在走廊的尽头。怪物跑出了房子。三位负责任的目击者——丽贝卡·韦斯特、赫伯特·乔治和亚伯拉罕·赫里斯——尽管当时正刮着东北风，看到它一丝不挂地奔向大海，两个人追着它跑，丽贝卡·韦斯特拼命地跟在它后面。怪物宽阔的光脚嘎吱嘎吱地踩在砾石上。它径直跑进苦涩的海水中，游了起来，胳膊和腿像昆虫的翅膀一样振动着。赫伯特·乔治看见它跳进了一个绿色的巨浪中心，紧接着大雨像帘幕一样落下，布莱特海姆斯通怪物再也没有现身过……

怪物从来没有说过一句话。在患病的后期，它的牙齿脱落了。它用其中一颗牙齿——显然是犬齿——在关它的房间黑橡木门板上划出了一些标记。亚瑟·提蒂牧师忠实地记录下来这些标记，并誊抄在了他的小册子上。

布莱特海姆斯通的渔民们说，海怪回到了海底，回到了它用失踪的基督教水手的骨头建造的宫殿里，那里是它所属的地方。果然，怪物消失半小时后，刮起了一场可怕的风暴，许多水手失去了生命。大约一个月后，提蒂离开布莱特海姆斯通去了伦敦。这座城市吞没了他。他在1746年出版了他的小册子——这一年对自然哲学来说是糟糕的一年，因为英国人的耳朵里还充斥着1745年詹姆斯党叛乱的声音。

可怜的提蒂！如果他能预见到布莱特海姆斯通怪物出现的真正意义，他可能宁愿在精神病院快乐地死去。

1947年4月，我很幸运地遇到了我的一位老朋友，一位最亲密的朋友。他是情报部门的上校，显然，他必须匿名，尽管他现在应该已经退休了，穿着便服——那是非常普通的便服，裁剪雅致，是20世纪20年代末的窄袖款式，已经有些磨损。自1930年以来，他就没有机会买一套西装，他也是伦敦最后一批戴洛克那种傲慢的灰点小圆礼帽的人之一。上校在很多方面都是一个浪漫的角色，有点像拉迪亚德·吉卜林笔下的思特里克兰·萨希布，他掀开最后一层面纱，看到了其他白人从未见过的值得夸耀的东西。他布满皱纹的脸，呈现出一种复杂的颜色，皮肤有点像演员因过度使用而被人诟病的皮肤。他在他的时代扮演过许多奇怪的角色，那个令人敬畏的老武士，还有他那懒散下垂的眼皮下的那双敏捷的黑眼睛，有着令人不安的亚细亚人的神情，远比你我要见多识广。

他从不谈论他的工作。一个夸夸其谈的人自然不适合做情报官员。他的谈话内容大部分与运动有关，有男子气概的运动——马球、猎野猪、板球、橄榄球、狩猎，尤其是拳击和摔跤。我想，上校隐姓埋名生活了这么多年，他会在大型的露天比赛中得以解脱，在这种比赛中，一个人必须与他的对手面对面，他可以在不违反规则的情况下玩些小把戏。四十八岁时，他与轻量级拳王打了三个回合，后者对他说，他在军队里是在浪费时间。不过，对我们来说，他还是留在原来的位置上好，我无权告诉你理由。

晚饭后，我们在我的公寓里喝着咖啡，抽着烟，他谈论起了东方摔跤。他谈到了阿富汗人和德干人之间的摔跤技术，并以钦佩的态度谈到了西印度的摔跤手伽马，在他这个年纪，大多数男人都穿着拖鞋在火炉旁瑟瑟发抖，他仍然手可碎石，十秒钟就打败了茨比斯科；谈到一个叫帕蒂尔的东南印度人，他能用左手拇指指关节把一个壮汉打昏；接着又说到中国的摔跤手，尤其是蒙古的摔跤手，他们非常魁梧，而且善于用脚。上校说，有个优秀的法裔加拿大伐木工人，习惯于在湍急的河水中滚动的圆木上跳舞，他的腿和脚可以做出惊人的动作，比如魁北克之虎吕西安·帕考德，他用剪刀绞杀死了底特律的大个子特德·格拉斯。上校说，在某些摔跤比赛中，体型和体重是至关重要的。日本的重量级摔跤手——那些重达三四百磅、一开始就四肢着地、做一系列仪式动作的大个子摔跤手，他们必须膀大腰圆。事实上，他们体重越重越好。

他不觉得这很有趣，尽管其中有些微妙之处是鉴赏家很欣赏的。

"不，杰拉尔德，我的哥们，说说柔道吧。世界上没有人能打败黑带段位的选手——除非有人出其不意地对他出手。一个三百五十磅重的人猝不及防地抓住一个柔道选手，然后用全身的重量压在他身上，自然会使他失去行动能力，就像屋顶塌下来砸在他身上一样。又或者，一个熟练的拳击手，如果先给他一记精准的拳击，就会把他打晕。但更高级的出招最好是从背后攻击。在柔术中，真正的高手会训练出如此奇妙的手眼协调，如果他早有预判，他甚至可以把像吉米·王尔德这样奇才的闪电拳变成自己的优势。他可以对乔·路易斯打出八英石的重量，让他看起来丑态百出。当然，严格来说，这是不公平的。对手会沿着不同的路线进攻或防守。例如，乔治·哈肯施密特是有史以来最伟大的自由式摔跤选手之一，也是他那个时代最强壮的人之一。但我要问你：他会在摔跤比赛中，用柔道对抗大谷由纪夫吗？哦，对了，说到大谷由纪夫，你听说过一个叫佐藤的日本摔跤手吗？"

"我没有听说过。为什么？我应该听说过他吗？"

"不，你当然不知道。我在外面四处奔波得太久了，都快忘了。你知道，如果我能找到那个家伙，我可能发财了。我一直想买一艘漂亮的小船，环游希腊群岛。以我那微薄的薪水，希望渺茫！我把大部分积蓄都投在了那个倒霉的本尼·诺斯身上，我真是个傻瓜。你还记得那个笨蛋吗？我以为我终于发现了一个真正的英国重量级人物。事实证明，这该死的家伙心脏不好。我再也没有重量级人物了。"

"这和佐藤有什么关系？"

"当然有关系，他现在是，或者曾经是一种现象。我认为他是一个比大谷更好的摔跤手。我的想法是带他环游世界，挑战所有来应战的人——拳击手、摔跤手，甚至击剑手，和他对抗十分钟。他令人难以置信。此外，他看起来很可怕。1938 年，我在新加坡赌他赢了一百五十英镑。他和我们所能接触到的四个最伟大、最优秀的拳击手和摔跤手较量，在十一分钟内就把所有人都打趴下了。等一下，我钱包里有张照片。我留着它，因为它看起来太有趣了。你看！"

上校递给我一张皱巴巴的照片，上面是一群奇怪的人。照片上有一个毛发浓密的人，显然是一个摔跤手，双臂交叉，二头肌看起来像椰子，站在另一个男人的旁边，那个男人几乎和他一样大，但有着一个粗暴的彪形大汉，他五官凌乱。有一个咧着嘴笑的金发男人，看起来像一个轻重量级选手，还有一个眉毛浓密的中重量级选手，有着斗牛犬般的下巴。上校站在后面，露出慈父般的微笑。前景站着一个对着镜头微笑的小个子日本人。他的头顶与大摔跤手的胸骨齐平，但他的肩宽至少有两英尺六英寸——他的身体宽度是他身高的一半多。他全身上下都是胸部和手臂。他紧握双手,指关节碰到了膝盖。我把照片拿到灯光下,更仔细地看了看。摄影师的闪光灯照亮了每一个细节。佐藤的文身使他自己变得更加丑陋。他身上文着爬行动物,真实而梦幻。一条龙在他的肚子上咆哮。蛇盘绕在他的腿上。另一条蛇从他右手食指开始,缠绕着他的右臂,直到腋窝。另一只手臂则是怒气冲冲的龙虾和瞪着眼睛的鱼,在左胸上有一个传统的心形。

就在那时,我惊讶地咒骂了一声,跑去找我的旧制服,我找到了,亚瑟·提蒂牧师的小册子还在胸前的口袋里。上校问我到底是怎么回事。我把小册子揉平,一言不发地递给了他。

他看了看,说:"太不寻常了!"说完,他收起眼镜,又戴上了另一副眼镜。他目不转睛地盯着亚瑟·提蒂牧师精心画的布莱特海姆斯通怪物,把它和佐藤的照片做了比较,然后对我说:"我这辈子遇到过一些非常奇怪的事情,但我真不知道该怎么看这个。"

"你说的佐藤背上纹的是什么?"我问。

他毫不犹豫地回答说:"一只深红色和翠绿色相间的鹰俯身在他两肩之间,一只狡猾的红色狐狸在他脊背上追逐六只蓝绿色的兔子,右边臀部上的章鱼伸出了环绕腹股沟和腹部的触手。一个非常巧妙的作品,一定够他受的。"

"看这里。"我指着小册子上的相关段落说。

我的这位上校朋友会为一些鸡毛蒜皮的小事大骂几句。但当他深受触动时,他会说:"哦!真的!"他现在就是这么说的。

"但是等一下,"我说,"这个布莱顿怪物在门上刮有标记。老牧师复制了一份。我想,翻个四五页你就能看到了。"

上校看了看那怪物用自己的牙齿在牢房门上所刮标记的记录。那张海绵状的旧纸已经皱巴巴而且被撕裂,字迹因时间过长,加之木材房子的潮湿,而变得模糊不清。

他看了看,找到一张纸和一支铅笔,把纸靠在墙上,握住铅笔离笔尖半英寸的地方,抄起题字来。等他转过身来,我看到他脸上的红晕已经褪去,变成了淡灰粉红色。

"怎么了?"我说。

"你知道,小佐藤已经受洗了。除此之外,他还是个基督徒。我不知道我有没有提起过。"

"不,你没有。怎么啦?"

"为什么?这上面写着:'我和我妻子睡着了。这全是一场噩梦。现在我知道那不是一场梦。上帝怜悯可怜的佐藤,他必须死去。1945年,广岛。'怎么可能呢?佐藤有个妻子,他们住在广岛某地……他在日本海军的潜艇上——1945年8月,他在休假,他们扔下了那个该死的东西,我向上帝祈祷,这完全出乎他们的意料。我不明白这是怎么回事。一定是哪里搞错了。但这确实就是佐藤。你对此有什么看法?这难倒我了。我想,可怜的小佐藤是在我们投下那颗该死的原子弹时丧命的。但是……"

"我从来不赞成摆弄原子弹那玩意。"我说,"我总觉得人的认知应该是有限度的。所有那些奇异的爆炸和可怕的解体!人觉得自己就像是巫师的学徒!顺便说一句,你会注意到,这个可怜的布莱顿怪物长着一种奇特的癌肿。"

上校说:"可怜的佐藤!我喜欢这个家伙。但是,亲爱的克尔什,有些事情我不愿去想,但又不得不去想。死,那不算什么。只要你掌握了窍门,死比活着更容易。但这件恶心的事情似乎表明,当你撞上那些该死的东西时,你实际上并没有死去。毫无疑问,佐藤就是这样。但是想象一下,真的去想象一下!我不相信我曾提起过我结过婚。你开心地去睡觉,然后……可怜的小佐藤!被扔回了两百年前。或者也可能是向前推进了两百年……当然地球会转动,空间会变换。他可能会发现身处撒哈拉沙漠的中央,或者在南极,或者在某个地方,人们会直接把他当作从天而降的神来崇拜。但是克尔什,克尔什,想想那是多么可怕的事情!你睡觉时做了一个噩梦,后来却被证明那不是个噩梦——你醒了,松了一口气,但你的噩梦仍在那里。可以想象到的最孤独的死亡！你会对可怜的佐藤的绝望感到惊讶吗？一个日本人会毫不犹豫地自杀。他跑了出去,投身大海……11月的布莱顿,对他来说是多么寒冷啊！"

于是,在伦敦W.C.2区郎埃克街93号三楼的一个回收筐里,出现了一桩双重死亡事件的唯一证据——一个人不幸在两百年里两次成为自然哲学牺牲品。

这是思想的食粮,但我不喜欢它所滋养的思想。

## 可怕的傀儡

我有一种不安的念头,这个故事是真的,但我不愿相信。这是埃科告诉我的,他是一个腹语师,在布斯托的公寓里,我们住在隔壁。我希望他在撒谎,或者他可能疯了。这个世界上到处是骗子和疯子,人们永远不知道什么是真的,什么是假的。

不过,如果说有人看上去鬼魅缠身似的,那个人就是埃科。他个子矮小,行动诡秘。他有令人不安的习惯,和他在一起待上五分钟,你的神经都会绷起来。比如,他会在说话的中途停下来,用令人无法抗拒的语气低语道"嘘",然后胆怯地扭过头来倾听某个声音。任何细微的声响都能让他吓一跳。和所有住在布斯托公寓的人一样,他的境况已经一落千丈了。曾经有一段时间，他的名字排在剧目表的最前面，每周可以赚五十英镑。如今，他靠给剧院排队的观众表演为生。

然而，他是我听过的最好的腹语师。他的天赋不可思议。他可以在两种截然不同的声音之间流畅地切换，甚至有人发誓说他的傀儡不是傀儡，而是一个受过腹语训练、脸上化了妆的小矮人或是小男孩。但这是无稽之谈。没有一个傀儡比埃科的傀儡更明显地填满了木屑。埃科称它为米奇，他的节目名为"米奇与埃科"。

所有腹语师的傀儡都很丑，但我从未见过比米奇更丑的傀儡。它看起来是自制的。它那凸出的蓝眼睛里充满了令人厌恶的贪婪，眨眼的时候还会发出咔嗒的声音，它的大大的红木唇吧嗒着，格外吓人，像是个可怖的尸怪。埃科无论走到哪里都带着米奇，甚至与它一起睡觉。看到埃科抱着米奇上楼，你会感到背后一凉。木偶很大很结实，而这个人却瘦小如鬼魂。在昏暗的灯光下，你不禁会想：傀儡引着这个人往前走!

我说他住在我隔壁的房间。然而，在伦敦，你在房间里是死是活，隔壁的人可能永远不会知道。如果不是因为埃科有晚上练习腹语的习惯，我根本就不会和他说话。即使在最好的时光，住在布斯托也很难得到安宁，真是让人神经紧张。埃科让夜晚变得可怕，真的很可怕。你听过腹语师傀儡发出的尖锐而虚伪的声音吗？米奇的声音不是那样的。它的声音尖锐,又充满怨气。虽然细薄但是真实——这不是埃科声音的扭曲变形,而是一个截然不同的声音。我敢保证,你一定会认为是两个人在争吵。这个人说得不错,我想。然后,我又想:不,这个人的说法才是完美的!最后,我头脑中冒出了一种令人恶心的念头:这里有两个男人!

夜深人静的时候,声音突然响起:

"加油,再试一次!"

"我不行!"

"你必须——"

"我想睡觉。"

"还不行,再试一次!"

"我累了,我告诉你,我不行!"

"我说你要再试一次!"

接着奇怪的歌声飘来,最后埃科会尖声喊着:"你这个魔鬼!你这个魔鬼!以上帝的名义,放过我吧!"

有一个晚上,这种情况持续了三个小时,我走到埃科的门前敲了敲。没有回应。我打开了门。埃科坐在那里,脸色苍白,米奇坐在他的膝盖上。"怎么了?"他说。他没有看我,但是傀儡的彩绘大眼睛直直地盯着我。

我说:"我不是不讲理,但是这个噪音……"

埃科转向傀儡说："我们打扰到了这位先生。我们最好休息吧？"

米奇那僵硬的红色嘴唇咔嗒作响，它回答说："好的，把我放到床上去。"

埃科把它抱起来。傀儡填充的腿了无生气地拍打着，他把它放在长沙发上并用毯子盖住，按下一个弹簧。咔嚓！傀儡的眼睛闭上了。埃科深吸了一口气，擦了擦额头上的汗水。

"奇怪的床伴。"我说。

"是的，"埃科说，"但是……请——"他看了一眼米奇，朝着我皱起眉头，用手指捂住了嘴。"嘘！"他低声说。

"喝点咖啡怎么样？"我建议道。

他点点头。"是的，我的喉咙非常干。"他说道。我招手示意。那个令人恶心的填充傀儡似乎让空气充满了紧张气氛。他踮起脚尖跟着我，悄无声息地关上了门。当我在煤气炉上烧水时，我观察着他。他不时地耸耸肩膀，扬起眉毛，倾听着。然后，几分钟的寂静过后，他突然说："你觉得我疯了。"

"不，"我说，"一点也不，只是你似乎对你那个假人注入了非常多心血。"

"我恨它。"埃科说，然后再次侧耳倾听。

"那你为什么不把那个东西烧掉呢？"

"求求你！"埃科大声说，用手捂住了我的嘴。这个神经兮兮的人让我感到不安。我们喝着咖啡，我试着和他攀谈起来。

"你一定是一个非常出色的腹语师。"我说。

"我？不，我不是。我父亲是。是的，他很了不起。你听说过沃克斯教授吗？是的，他就是我父亲。"

"真的吗？"

"我所知道的一切都是他教的。直到现在，我的意思是，没有他，你懂的——我一无是处！他是个天才。而我，我从来无法控制我的面部和喉咙的神经。你知道，我让他很失望。他……嗯，你知道的，他能做到一边吃牛排，而米奇坐在同一张桌子旁唱《我相信我依然还听见》。他是天才。他常让我练习，日复一日地说着字母 B、F、M、N、P、V、W，嘴唇一动不动。但我做得不好。我做不到，我根本做不到。当我还是个孩子时，他常骂我。是的，我妈妈会稍微保护我一下。但后来！瘀伤——我浑身都是青紫的瘀伤。他是个可怕的人，每个人都害怕他。你还太年轻，不记得了，他长得像——喏。"

埃科掏出钱包，拿出一张照片。照片已经褪色了，变成了褐色，但是脸部特征仍然清晰可见。沃克斯有一张邪恶的脸，强壮但邪恶——胖乎乎、黝黑、留着胡须，令人生畏。他浓密的黑胡子下的嘴唇紧紧地抿着，胡子一直长到宽阔的鼻子两侧。他浓密的眉毛在眉间相连在一起，眼睛又大又圆，炯炯有神。

"你无法体会他的风采，"埃科说，"当他穿着衬有红丝绸的黑色披风走上舞台时，他看起来就像魔鬼一样。他无论走到哪里都带着米奇——他们经常在公共场合对话。但是他是个伟大的腹语师——有史以来最伟大的腹语师。他常说：'我的最终愿望，就是要让你成为腹语师。'无论他去哪儿，我都得跟着他。我跟着他满世界地跑，站在舞台的侧面观看他表演，晚上跟他回家再次练习B、F、M、N、P、V、W——一遍又一遍，有时甚至练到天亮。你会认为我疯了。"

"我为什么要这样想呢？"

"嗯……就这样一直持续着，直到——嘘——你听到什么声音了吗？"

"没有，没听到。继续说。"

"有一天晚上……我的意思是，发生了一场事故。他在马赛的多尔多涅酒店电梯井里掉下去了。有人把门打开了。他死了。"埃科擦了擦脸上的汗水，"那天晚上，我第一次睡得很好。那时我二十岁。我睡着了，睡得很香。但后来我做了一个可怕的梦。他又回来了，你明白吗？回来的不是他的肉身，而是他的声音。他在说：'起来，起来，再试一次，该死的，起来，我说，我要让你成为腹语师，这是我的最终心愿。醒醒吧！'

"我醒了。你会认为我疯了。

"我发誓。我还是听到那个声音,而且它是从……"

埃科停顿了一下,咽了一口口水。

我说:"从米奇那里传出的?"

他点了点头。沉默片刻,我接着问:"然后呢?"

"大概就是这些。"他说,"声音是从米奇那里传出的。从那时起,它一直持续着,日夜不停。它从来没有放过我。不是我让米奇说话,而是米奇让我说话。它让我一直练习……日夜不停。我不敢离开它。它可能会告诉……它可能会……哦,天啊! 不管怎样,我不能离开它,我不能。"

我心想,这可怜的人无疑是疯了。他养成了自言自语的习惯,而且他认为——

在那一刻,我听到了一个声音,一个小小的、细细的、愤怒的、嘲弄的声音,似乎来自埃科的房间。它说道:

"埃科!"

埃科惊恐地跳了起来。"你听!"他说,"它又来了,我必须走。原谅我,我没有发疯,真的没有发疯。我必须——"

他冲了出去。我听到他的门打开又关上,接着传来了对话声,有一会我想我听到了埃科的声音,抽泣着说:"B、F、M、N、P、V、W……"

他疯了,我想。是的,这个人一定疯了。而之前,是他在发出声音……喊他自己……

但我花了两个小时才让自己相信这一点。我整晚都开着灯,我向你发誓,看到天亮是最让我开心的事情。

# 密林追踪奇案

1918年,在肯塔基州,有一位凶悍的老人,大家都称他为少校。我想他是那种开疆拓土建立帝国的人。他一往无前,筋骨结实,尽管年过六十,却如钢铁般刚强,无所畏惧。他虽然很不讨人喜欢,却也令人钦佩,他独自生活,每个认识他的人都深深尊敬他,又有点害怕他。他有点像个疯子,任何他认为是自己职责的事情,都狂热地投身其中,把别人吓坏了。少校经历过艰苦的旧时光,那时人们单枪匹马在荒野上闯荡,披荆斩棘。

在他那狮虎般的旧脑袋里,疯狂的种族仇恨思想已经根深蒂固。他厌恶外国人,憎恨黑人,肯塔基州有任何反对不幸黑人的示威游行时,他总是冲锋在前。他睁着那双大而有神的蓝色眼睛,弯弯的大胡子像一把锋利的镰刀,手扛来复枪,好一个令人恐怖的形象。

这种狂热的种族仇恨,沸腾在南方腹地表层。危机一触即发,一句话就能引起带来一场凶残的杀戮。

有一天,一个女人歇斯底里地说,她被一个名叫普罗斯珀的黑人搭讪了。实际上,他只是问了她一些关于柴火的问题,但她跑开了,尖叫着求救(这种情况经常发生)。我是说,她是尖叫着跑走的。昏昏欲睡的小镇似乎被惊醒了。黑人们知道这意味着什么,他们战战兢兢。有人传话给普罗斯珀。他知道无法自证清白:他是一个黑得像黑夜一样的黑人,因此无须审判他就得死。他逃进了树林,要逃离他知道一定会到来的厄运。

人声鼎沸。男人们聚集在一起,紧张而愤怒。他们嘴巴抽搐着,咆哮着。小心地潜藏着内心深处的嗜血欲望!有人大喊:"难道我们要让那个黑鬼逍遥法外吗?"其他上百个声音咆哮着:"不!"这群人的嘀咕变成了像疯狗一样的狂吠。枪被从钩子上取了下来。夜幕降临,火把四起。两只大猎犬紧紧地拽着皮带,嗅着普罗斯珀的踪迹。人们跟在狗的后面。暴民们想要看到流血和折磨。少校腋下夹着一把装了铅弹的枪,带领着他们前行。

但是普罗斯珀早已跑了,他熟悉树林。暴民们搜寻了一整夜,一直到第二天,他们精疲力竭了,才暂停了下来。但少校没有停歇,他心中充满了仇恨。大家都休息了,他一个人继续前行。他一头扎进了密林深处。他的长腿像一只猎食的狼一样迈着大步。树木掩映了他。他消失了。

两天后他又出现了,看起来他已经疯了。他很害怕!他逃避了。他摇摇晃晃地走向一些看着他的人,说:"不是我干的!我什么都没做!我是个无害的老黑鬼!别伤害我,白人伙计们!请不要伤害我!"

后来他睡着了,睡得很沉,几乎像死了一样。十二小时后,当他醒来时,他又成了少校……但是情况发生了变化。他变得安静而温柔。他不确定地眨着眼睛——在六十年的生命中,他从来没对任何事情有过摇摆不定的时候,无论其是对是错——记忆中他也从来没有说过一句好话。那位少校,那位憎恨黑鬼的人,那位私刑律师,那位鞭笞者,那位杀人犯——他在轻柔地拍着一个黑人小男孩的头,那个小男孩站在那里,惊恐万分,被这意想不到的爱抚吓瘫了。

在那片黑暗的森林里,他究竟遭遇了什么?

有一天,他讲述了这样一个故事:

其他人都休息了,他继续走啊走啊,直到他再也迈不开步子。他的身体疲惫不堪,但他的仇恨还在胸中燃烧。他决定休息一会儿,然后继续寻找失踪的黑人普罗斯珀。当他坐着休息的时候,睡意袭来,他躺在树叶中间打起了呼噜。

但这次睡眠非同一般。少校发现自己正处于一种奇怪的病态昏迷状态。他被困在一个黑暗而噩梦般的梦境里,就像一只鸟被困在网里一样。他知道自己在做梦,挣扎着要醒过来,却怎么也醒不过来。然后他发现自己飘走了……然后是一片空白,一个间隙,一种永恒的寂静。

他醒了。他发现自己蹲坐在灌木丛里,这是一片他不熟悉的树林。他的心在胸腔里怦怦直跳,他害怕极了,害怕得恶心,害怕有什么东西在跟踪他。少校迷惑不解。他从来不知道什么是恐惧,现在他害怕了。不知怎么,他知道他要去树丛那边的一个洼地。有什么东西在驱使着他往那里走去。他也知道,黎明即将来临,而他害怕黎明……然而,他也害怕黑暗。

他的来复枪丢了。他的衣服似乎被荆棘撕成了碎片。因为在树林里急走,反弹的树枝击打在他脸上,他的脸肿了。

他双脚疼痛,筋疲力尽,缓慢地行进着。普罗斯珀!——他必须找到那个黑人普罗斯珀,把他拖回去,让暴民宰了他。但是他在害怕什么呢?

他不知道。少校继续前行。他走出了灌木丛。确凿无疑,在星光下隐约可以看见一间小屋。他朝小屋走去。那纯粹是一片废墟。住在那里的人不是死了就是离开了。里面空空如也。

他走了进去。他喊道："这里有人吗？"他惊讶地听到自己发出了沙哑刺耳的声音。他的喉咙发干。他感到不舒服，身体虚弱……还很害怕。他的大脑对四肢的颤抖感到厌恶。他的身体很害怕，想躲起来。他站在小屋里，浑身发抖，像个患了疟疾的人，黎明的第一缕曙光照到了他靴子的破洞上。"……我一定是走在黑泥里了……"然后他看到了自己的手。那双手又黑又皱，指甲发白，手掌呈粉红色——那是一双黑人的手。

少校痛苦不堪地跳了起来。有一片破镜子的碎片。他看破镜片里的自己，映出的是黑人普罗斯珀惊恐万分的脸。

他不知道自己站在那里，瞪着镜片看了多久。他，少校，身子变成了那个黑人逃犯普罗斯珀的身子。某种奇怪的直觉告诉他，不知怎么……上帝才知道是怎么回事……当他昏昏沉沉地躺在那里，而普罗斯珀也因疲倦和痛苦而昏迷不醒时……不知怎么，他们的灵魂在睡梦中相遇了，互换了位置……

他听到远处传来了猎犬的狂吠声。

少校恢复了战斗意志，但是他那普罗斯珀的身躯却吓晕了。

大概就在那个时候，少校的身躯跌跌撞撞地穿过树林，向私刑的暴民们走来，用普罗斯珀的声音哀求宽恕，于是他们把他带回了家，而黑人逃走了。

一阵昏迷之后,少校挣扎着发现自己躺在床上,周围都是好奇的眼睛和惊讶的面孔。

故事到此为止。还有一件事。少校又走进了树林,沿着他记得的那条路走去。那里是灌木丛,那里,在一片洼地里,有一个小屋。

在小屋的地面上,散落着曾被狠狠摔碎的镜子的残片。

# 身穿黑衣的绅士

有一个疯狂的老家伙，住在巴黎的一个破旧的天窗房间里，或者说1937年曾经住在那里，他名叫勒·博尔涅。他的眼睛斜视得可怕，并且以贪婪而闻名。尽管传言说他有一大笔存款，但他仍然衣衫褴褛，身上的黑色西装倒是能证明他曾经也有风光的日子；他拖着脚步，在咖啡馆做些零工来赚几个铜板。他甚至不介意乞讨……他是一个非常难看、声名狼藉、脾气暴躁的老人。接下来的叙述，讲的是在某个夜晚，他试图向我索要两法郎时而给我讲述的故事。

"你不必瞧不起我，"他说（他甚至在请求帮助时也采取一种抱怨、欺凌的语气），"我曾经和你一样穿得体面。我已经八十岁了。啊，是的，我见过世面。我曾经是世界上最伟大的金融家之一马勒的助理。那是五十年前的事了,那时你还没有出生。马勒处理数百万的资金。我在他的办公室里接待过最高贵最伟大的人物。他除了我之外,没有其他员工。马勒独自工作,我负责写信。下午三点前他所有的事务都已处理完毕。他是个大人物,而我是他的得力助手。在马勒的办公室里,我曾经见过皇室成员。哦,对了,有次我甚至见过魔鬼。"

当我嘲笑他时,勒·博尔涅激动地继续说道:

"马勒死时身家殷实。然而,只有我才能告诉你,在他去世的一周前,出事情了,马勒欠下了近两千万法郎的债务,换算成英镑,大约一百万英镑吧。我是他的心腹。他在一次采矿投机中输掉了两千万法郎,这不是他能输得起的,他失去了一切。他对我说——那是在1887年4月19日或20日——'嗯,查尔斯,看来我们完蛋了。我已经一无所有,剩下的只有我的不朽灵魂。如果能够做到物有所值,我愿意卖掉它。'然后他走进了自己的办公室。

"大约五分钟后,当我在抄写一封写给银行的信时,一个身穿黑衣的瘦高个子绅士走进了我的房间,要求见马勒先生。他是一个奇怪的外国人,穿着最新款式的礼服,系着一条遮住衬衫的大黑领带。他所有的衣服都是崭新的,领带上还别着一颗漂亮的黑珍珠,就连手套也是黑色的。然而,他看起来并不像在服丧。他身上散发着一种强大的气场。我不能告诉他别去打扰马勒。我问他的名字，他用甜美的微笑回答道：'就说是一位先生。'我没时间为他通报，我打开了马勒的房门，这个陌生人径直走进去，并在他身后关上了门。

"我经常倾听里面发生的事情。我把耳朵贴在门上，努力听着，因为这个穿黑衣服的男人让我充满了好奇。于是，我听到了一段非常奇特的对话。这个穿黑衣服的男人用深沉而受过教育的腔调说道：

"'马勒，你完蛋了。'

"'胡说。'马勒回答道。

"'马勒，你别想骗我啦。我可以肯定地告诉你，你欠下了两千万法郎，确切地说是两千万两千九百零七法郎。你孤注一掷，赌输了。你想让我进一步说出你挪用资金的细节吗？'

"马勒镇静地说：'不。显然，你是知道内情的。那么，你想要怎样？'

"'帮助你。'

"马勒笑了笑，说：'唯一能帮助我的，就是一张价值至少两千万法郎、由罗斯柴尔德银行承兑的汇票。'

"'我手头上的现金比那还多。'穿黑衣服的绅士说着。我听到有东西重重地落在马勒的办公桌上，还有马勒的惊叫声。

"'这里有两千五百万法郎。'陌生人说。

"马勒的声音有点颤抖地回答：'那又如何？'

"'那我们来谈谈。马勒先生,你是个见多识广、受过教育的人。你相信灵魂的不朽吗?'

"'哦,不。'马勒说。

"'很好。那么,我给你一个提议。'

"'可是你是谁?'马勒问道。

"'你很快就会知道。我有个提议。可以说我是一个购买人们时间的人,购买人们的生命。实际上,我在购买人们的灵魂。但我们不要谈论灵魂,我们用我们都能理解的时间来说话。我愿意给你两千万法郎,换取你一年的生命,这一年里你必须完全由我支配。'

"马勒停顿了一下,接着说:'不。'(啊,可怜的马勒,他是个狡猾的商人!)'不。那太长了。以那个价钱来说,太便宜了。我以前不到一年的时间就赚了五千万。'

"我听到又一声轻响。陌生人说:'好吧,朋友。五千万法郎。'

"'一年的买卖我不做。'马勒说。

"陌生人笑了。'那就六个月。'他说。

"现在我从马勒的语气听出,他已经掌握了局势,因为他看出那个穿黑衣服的陌生人真的想买他的时间。而马勒是一个头脑冷静的人,而且是个谈判天才。马勒说:'连一个月都不行。'

"这件事让我额头冒汗,太疯狂了。马勒心里肯定也这么想。

"陌生人说：'好吧，我们不要为这个争吵。我买时间——任何数量的时间，任何条件都可以。朋友，时间是上帝赐予人类的唯一礼物。告诉我，你愿意以你多少时间来换取五千万法郎？'

"马勒用冷静而平稳的声音回答：'先生，你在购买一种奇特的商品。时间就是金钱。但我的时间比大多数人的时间都更值钱。想想看，曾经有一次，当所罗门黄金矿业的股票一夜之间涨了二十个点时，我只用了半秒钟说了一句：就这样！就赚了大约两千万法郎。按照那个速度，我的时间每秒价值四千万法郎，每分钟价值二十四亿法郎。现在这样考虑一下——'

"'很好，'陌生人毫不动容地说，'我更慷慨一些。每秒五千万法郎。你愿意出售给我一秒钟的时间吗？'

"'成交。'马勒说。

"穿黑衣服的绅士说：'把钱收好，不要担心，是真钱。现在我已经用五千万法郎买下了你一秒钟的时间。'

"沉默片刻。然后他们一起走到窗前，这是一楼的窗户，我听到陌生人说：'我用五千万法郎买下了你一秒钟的时间。啊，好吧。看楼下那些来去匆匆的人们，朋友。街上多繁忙。我年纪很大了，见识过许多人。嘿，马勒先生，许多年前，我曾向一个人提出把世界上所有的王国都给他，他起初不肯接受，然而最后他全部得到了。我和他站在一座山

峰上，对他说了我现在对你说的话——你给我下去吧！'

"沉默。然后我仿佛从梦中醒来。

"马勒办公室的门敞开着，没有人在里面。我从敞开的窗户向下望去，有一群人围在那里。马勒摔断了脖子，躺在距我楼上十六英尺的大街上。我听说过，人体在一秒钟内下落的距离正好是十六英尺。那个一身黑衣的绅士已经不见了。我从没有看见他离开。人们说我是在睡梦中梦见了黑衣人，并且马勒是意外坠落的。然而，在马勒的办公桌上摆放着五千万法郎的债券，这是我以前从未见过的。我敢肯定他以前没有这些债券。我相信，简单地说，那个身穿黑衣的绅士是魔鬼，他买走了马勒的灵魂。你可以认为我疯了，没关系。我在我母亲的坟前发誓，我告诉你的一切是真实的……现在你能给我五十生丁吗？我想买一顿饭吃……"

# 眼　睛

罪犯的慷慨通常体现在，把从来不属于他的，或者不再属于他的东西捐赠出去。

抢劫杀人犯鲁里克·邓肯就是一个典型的例子。他的短暂生涯血腥、凶猛且无情，但他最后的空洞姿态却洋溢着令人感动的情感，振奋了整个国人的心。邓肯同意死后捐献出自己的眼睛，将其移植到某个未知的人身上，这被视为一种重要的慈善行为，实际上这是通往自我救赎的入场券。类似的案例在报纸上也有报道。和大多数毫无保留地捐献的慈善家一样，这个邓肯也是如此，他对所捐赠的东西已经没有进一步的需要，因此他将放弃它看作是一种美德——仿佛是从自己的坟墓中偷出，将欺骗进行到底。我认识一位亿万富翁，他在生前对任何慈善的请求都充耳不闻，但在他去世时，他松开了他的手，将自己所有的财产都捐给了孤儿。我还认识一位像雪花仙子般的女演员，她将自己的身体捐赠给了科学——不管科学是什么意思。毫无疑问，鲁里克在永恒这个层面上将可与这些人相提并论。为什么不呢？那位去世前把财产捐出去的亿万富翁，他引以为自豪的只是一些钱财和永久的持股权，所以他不得不放手。另一位愿意捐赠身体的女演员，所拥有的只是一些解剖学专家感兴趣的东西。

而鲁里克有他的眼睛。他珍视自己这双眼睛，这双奇特的眼睛有着斑点，略带黄色。他可以随意张大或缩小它们，在注视你的每一个动作时，它们似乎看向的却是不同的方向。

在继续讲述这个陈旧的故事之前，我最好对鲁里克的生涯做一个简要的介绍。他出生在岩石和沙漠之间，是我那个时代所谓的"麻烦制造者"，但现在被称为"少年犯"。

在我那个时代，通常会对这种人采取体力惩罚，之后他们通常能够平安度过一生，而现在人们会请心理学家介入，这也完全正确，因为你永远无法确定事情从何处开始或结束。像鲁里克这样的人，只有在极端情况下，他才会因为一阵刺痛的颠簸和某种沉重类似于皮带的束缚而停止他的事业。

简单地说：鲁里克宰杀过鸡，残害过羊，带坏了一群十四岁的小混混并成了他们的头领，后来升级到在美国十九个州从事非法勾当，从中获取利润，寻欢作乐。他变得火热起来，招募了两个助手，成为自狄林杰以来最可怕的罪犯。他运气极好，并且有着真正非凡的时机感——没有这种时机感，没有哪个抢银行的劫匪能成功。此外，他有着过硬的管理能力、战略嗅觉以及一名记者所称的"战术技能"。他可以将逃跑的时间准确地掌握在交通灯闪烁变换的那一瞬间，让一个小镇设起路障。

鲁里克抢劫了一家又一家银行。有人认为，凭借他如此出色的伪装和精准的时机，他本可以成为一位伟大的演员，或是一名伟大的拳击手。如果他在正确的时间，出生在正确的地方，他本可以成为一名铜矿大亨、石油大王、银行家，或者一个有文化的文字工作者。但现实并非如此，他出生在一片侵蚀严重的农场上，最后以某种引人注目的方式走向了人生戏剧性的结局。

奇怪的是，鲁里克并不喜欢通常意义上的报复或仇恨。他身上缺少了某种东西，使他难以融入社会。这个东西可以称之为灵魂，可以称之为善心，可以称之为怜悯，但也可以说他喜欢独来独往。因此，他一直都是独立独行，有着一个只属于自己的高背椅和一个他认为只有他一个人知道的秘密，一个藏在内心深处、只有自己可以审视、别人无法触及的秘密。

这个秘密就是某笔埋藏财宝的下落。我的意思是他偷藏起来的两百五十万美元，没人知道他藏在哪里。

正是鲁里克在蒙大拿州的比尤特市偷走了装甲车。现在，通俗作家们任何时候都将鲁里克的抢劫行动重新描述为"完美犯罪"。这些细节可以在全世界所有报纸的档案中找到。简而言之，鲁里克和他的两个同伴（后来被称为"邪恶三人组"），精确地掌握时机，行动周密，成功地掳走了一大笔工资款，以及一家大银行保险库中的几乎所有钱财，然后一天之内，连人带车，所有的一切都人间蒸发了。犯罪学家在周日增刊上反复提到时机、时机、时机，这个词已经让人感到厌倦。还有一些人提到G.K.切斯特顿的《隐形人》，其中的隐形斗篷因为总在特定的时间出现，以至于不会显得突兀。

时机论者和心理学家的两派观点都是正确的：一刹那间，出现了一辆满载金钱的装甲车。下一刻，有三四个人，看似茫然，手里随意地握着不知道该瞄向哪里的手枪，此时三条街上的车辆都因为等红绿灯停了下来，一大笔财富正朝着不知名的方向前进。三名歹徒出现，其中一人持枪。一位名叫拉金的银行保安，是一名退休警官，他用一把38口径的短管手枪开了一枪。后来事实证明，拉金的这一枪击中了鲁里克的臀部，使得他束手就擒。人们相信，当钱被追回时，拉金有合法的理由来索取一部分奖励。歹徒们根据事先安排，携带了未装弹药的自动手枪——鲁里克似乎对此非常讲究。所以，几乎就在一个人说："那是不是汽车回火声？"的时间内，我们这个时代最大的抢劫案之一就发生了，导致联邦政府陷入巨大困境。世界上任何地方，一个人只要耐心等待，按兵不动，就可以像威利·萨顿一样消失。在蒙大拿州，一辆装甲车竟然能消失得无影无踪。但是，两百五十万美元又是如何消失的呢？

他们在城外一定距离的地方找到了这辆卡车，车里空无一物。那么，纸币和银币在哪里？任何货运工人都会告诉你，没有比纸更重的东西，任何银行的信使都会告诉你，没有比一袋散装硬币更不好携带的东西。即使是一个非常强壮的人，也无法在背上扛着多达二十五万美元的小面额钞票，走上十五个城市街区的距离。再加上一两袋银圆硬币打破平衡，即便将脚下的铺路石换成软沙，也没有人能做到。就算是一头骡子也不行。然而在这里，不是二十五万美元，而是两百五十万美元的钱，被偷偷带到了岩石间的某个藏匿处！

联邦当局重新分析了这个案件，得出的结论是，鲁里克和他的手下在比尤特市郊的某个地方停下卡车，并把钱藏在了靠近城市的一个只有他们自己知道的地方。每人拿了八千美元用于日常开支，然后再开车大约十五英里，到达一个靠近鲁里克藏匿了一辆逃跑车的地点。

鲁里克开走了这辆车,然后他们分头行动,约定在合适的时候再次会面。但事情发生了变故,小多米尼克试图在海伦娜市买一辆二手车,被人认出后与州警交火身亡。麦金尼斯在北去的途中,在岩石间迷路了,冥顽不化,拒绝自首,丧命了。只有鲁里克,由于流血过多晕倒在一个加油站里被活捉。

值得注意的是,在失去知觉之前,他最后说的话是"你连地图也不能相信",然后他疯狂地谈论着空间的错觉和距离的谬误,直到他们把他带走。

在鲁里克遭到审判并被判处犯有银行抢劫罪之前,我不记得蒙大拿州当局曾把多少诚实人的血液和血浆注入了他的身体。美国联邦调查局提供了另外一个信息,说鲁里克在纽约州被以另一个名字通缉,罪名是谋杀,所以他被送回纽约,并在经过公正审判后被判有罪,判处电椅死刑。他对判决没有表示任何情绪,唯一的评论是:"短暂而快乐的一生",他短暂的生命中,大部分时间都在藏匿或逃跑,我很难赞同他对快乐的看法。

当鲁里克在死囚监室里玩皮纳克尔纸牌游戏时,有一位名叫杰卢西克的神父找到了他,说眼科医生霍利德想要他的眼睛。

鲁里克开怀大笑,说:"听着,神父,地方检察官只要我告诉他们钱藏在哪儿,就让我活命!现在又有人想要我的眼睛。神父,冒昧地说一句：你就别逗我笑了。你以为我从来没听说过人们如何从死人眼里看到东西吗？"

杰卢西克神父说："我的孩子，那是没有依据的无稽之谈。我有可靠的信息来源证实，一个死人的眼睛并不会比一个未装胶卷的照相机更有用。"

鲁里克开始说："我曾经看到……不管怎么说，我从来没看到什么东西。他们为什么要我的眼睛？"

"一只眼睛，"杰卢西克神父说，"不过是身体组织的一种排列。比如说：你就是你，鲁里克。如果你的一个手指被砍掉，你还会是鲁里克吗？"

"还会是谁？"

"如果你没有手臂和腿，你会是谁？"

"还是鲁里克。"

"现在打个比方说你有一台昂贵的微型相机，你已经在写遗嘱了，照相机还不肯送给别人吗？"

"送给警察？不会。"

"送给一个天真无邪的孩子呢？"

"我猜我可能会。"

"眼睛，你知道，其实就是一台相机。"

最后，鲁里克签署了一份文件，将他的眼睛遗赠给霍利德医生，用于这位杰出的外科医生要治疗的患有先天性失明的儿童患者。据称，鲁里克说过："我不能带着它们离去。"由此引发了一场情感的海啸。人们认为鲁里克是第一个提出这个观点的人。写伤感文章的女记者拥抱他，把各种各样的剪贴簿上的哲学语句，当作出自他的口中，例如"如果更多的人都能更多地关心其他更多的人，世界就会……"等等。他的最后一句话是："等等，我改变主意了"，却被报道为："我现在感觉挺平静的"。普通大众完全忽略了一个事实，那就是鲁里克实际上已经卷走了两百五十万美元这个事情。

一些人认为，他们会找到那笔钱的。它必定藏在某个地方，他们会追查到它的。联邦调查局会撒网追查。但实际上，小多米尼克和麦金尼斯都已经死了，没有人知道钱的下落。它被埋藏起来了。

在鲁里克·邓肯被处决之前的几年里，霍利德医生一直在进行惊人的眼科手术。对于他来说，将一个刚刚去世者的角膜组织移植到另一个孩子的眼睛里，使其能够重新看见光明，就如同裁缝缝制衣领一样，只是家常便饭。当然好的缝制技术是必不可少的，但是最终成衣必须合身。就像某些老派的狂热裁缝一样，他对此过程充满了野蛮的占有欲、骄傲和对这门手艺的蔑视。我认识一个从不停止嘲笑自己、不愿意和同行为伍的老裁缝，因为在他看来，他们只是平凡的裁缝而已，但他却因国王爱德华七世质疑他缝制的袖子的下垂方式，对国王下驱逐客令，让国王走出他的店铺，待在店铺外面。霍利德医生就是这样一种性格的人，从不满足、专横跋扈，让人难以取悦。他对人眼的奇妙构造有着近乎蔑视的熟悉，但只允许自己轻描淡写地谈论它。他在成功移植第一个眼角膜后变得声名鹊起。当记者们前来采访他时，他似乎对世人表现出来的钦佩感到愤怒。

易怒、轻蔑，满脸不屑一顾的表情，以及过度强调的尖声说话方式，使得他最随意的言辞也变得令人反感。在提到他对人类的贡献时，霍利德医生说："人眼，羊眼，对我来说都一样。作为眼睛，苍蝇的眼睛更加卓越，人的眼睛只不过是一种用于在敏感表面上接受光线的权宜之计，像带有自动快门的相机，却该死的低效。工厂里的相机做得更好，我也修过相机，这两者会有什么本质的区别吗？"

一位记者说："但是你恢复了人的视力，霍利德医生。相机没有眼睛就看不见。"

霍利德医生厉声说道："任何人都知道，眼睛也是看不见的，除非他是彻头彻尾的傻瓜。"

另一位记者说道："没有眼睛，你也看不见。"

霍利德说道："你有眼睛也看不见。即使我有时间向你解释'看和视'的区别，你也没有理解我说的东西的能力，即使你能理解，你又如何向购买你杂志的粗鄙之人传达你所理解的内容呢？因此，让我说一句话就够了，角膜移植对于知道如何操作的人来说，可能比在你的裤子上做一个隐形补丁来隐藏香烟烧痕要容易得多。因为视觉来自眼睛的后方。"

一个负责为周日增刊撰写有关病毒和天文学报道的记者说："视神经……"霍利德医生突然像一只猎鹰一样向他扑过去。

"我可以问一下，你对视神经了解多少？哦，我喜欢这些通俗科学家，我真的喜欢！视神经。就是这么回事对吧？就是一项所谓的布线工程？插上插头，打开开关，转动旋钮，这是你的想法吗？像绳子一样接上，是吗？我亲爱的先生，你对你的身体中最微小、最不重要的神经一无所知，更不用说了解它的工作原理了，我也不知道，任何人都不知道。但你会吸收科学术语，就像一个断奶的婴儿吮吸一个不卫生的橡胶奶嘴一样。对我来说，你这样轻率地和我说话是一种无礼！'视神经'——仿佛我是一个合唱团的女孩！你能给我列出眼睛的三十个组成部分吗？仅仅列出它们的名字就好，而不是你用'视神经'这样的词语和我说话。你有考虑过视神经的复杂性吗？考虑过细胞组织和血管的微观复杂性？"

记者羞愧地说："对不起，霍利德医生。我只是想问，且不说我们这个时代，也许有一天……真的可以移植整个眼睛，并且像您说的那样，接上视神经呢?"

他以令人不悦的方式,不自觉地嘲笑着记者言语的迟疑——这是他另一个令人讨厌的特点。

霍利德医生说:"既是也不是,先生。有一件事是不可能的,那就是预测手术在我们这个时代的可能性和不可能性。至于你我都是行家,我可以这么说:移植整个眼睛和移植整个头部一样是可能的。正如每个学童必须知道的那样,在脊椎动物中,神经组织是不会自行再生的,至于蝾螈,其再生过程仍然是一个谜。"

一位女记者问:"蝾螈不是那些据说能在火中生存的蜥蜴之类的动物吗?"

霍利德医生正要发脾气,一遇到这位年轻女人的目光,被她的黑眼珠吸引住,便用对他来说算是温和的口气解释道:"蝾螈类似于蜥蜴,但它是两栖动物,有着长长的尾巴。两栖动物既能在水中生活,也能在陆地上生活。你从来没见过蝾螈吧?我给你看一下。"然后他带着她走向一个有空调的房间,里面散发着一些腐殖物的气味,房间里有一条被泥土围绕的微型河流。在泥土中,懒洋洋的小动物在动来动去。

一个来自南方的人说:"哎呀,它们是泥鳗!"

霍利德医生撇了撇嘴说:"一样的东西。"

《星期天》增刊的专栏作家说:"霍利德医生,我可以问问您是否正在研究蝾螈的代谢过程，以期应用于——"

"不行，你不可以问。"

女记者说："我觉得它们很可爱。哪里能弄到一只？"

霍利德医生威严地对一位助手说："埃弗林顿，给这位女士用瓶子装上几只蝾螈！"

第二天报纸上出现了蝾螈的照片，以及这样的标题：

下一步头部移植？<br>
蝾螈的奥秘

从那时起，霍利德医生拒绝再和任何与媒体有关的人交谈，并且只有在他把鲁里克·邓肯的右眼，移植到四岁男孩迪奇·奥尔多斯的头部时，他才再次进入公众的视野里。这个男孩是康涅狄格州格林威治富有的油漆制造商理查德·奥尔多斯的儿子。

这不是一次性手术，而是整整八次手术，历时约六个星期。在这期间，孩子的眼睛被部分地浸泡在霍利德医生拒绝透露的某种液体中。《星期天》增刊的专栏作家，这位"惊世骇俗之人"，暗示这种液体是从类似蜥蜴的两栖动物蝾螈中提取的，它是脊椎动物中唯一具有再生神经组织能力的动物。对于这一问题，我不愿表达意见。只是我坚持认为，惊世骇俗者往往是对的。

儒勒·凡尔纳是一位惊世骇俗之人，现在我们正在讨论把人力驱动的火箭送到月球。赫伯特·乔治·威尔斯是一位惊世骇俗之人，但的确存在重于空气的飞机、自动瞄准装置和原子弹。我相信《星期天》增刊专栏作家的猜测，他认为霍利德医生可能在利用某种从普通蝾螈中提取的激素用以再生的原理。为什么不可以这么做呢？亚历山大·弗莱明还在柠檬皮上的霉菌中发现了青霉素呢。相信我，如果不是这些怪人，医学仍然是巫医行为，脑部手术就还只是在头部打洞，为的是让魔鬼出来。

不管怎样，霍利德医生将鲁里克·邓肯的右眼移植到了四岁的迪奇·奥尔多斯的头部。有人说他父亲理查德·奥尔多斯支付了十万美元的手术费给霍利德医生，事实并非如此。理查德·奥尔多斯是以捐赠的方式支付了这笔钱，而且还给霍利德基金会捐赠了更多款项，这是每个学童都听说过的基金会。

直截了当地说吧，当绷带解开时，先天失明的迪奇·奥尔多斯，能用他的新右眼看见东西了。左眼依然无法看见，但是通过右眼，这个孩子能够清楚地区分物体。

一位女记者隆重报道了男孩第一次认出蓝色的情景。

然而，《星期天》的专栏作家，对霍利德医生的无礼行为仍然耿耿于怀,撰写了一篇文章,暗示人类眼睛的微妙组织,由于受到电击的巨大冲击会被严重改变,因为它涉及整个神经系统,必然会严重影响人眼的视神经。

霍利德医生几次大发雷霆,之后便沉默了。有人注意到他经常与英国的脑科专家多恩先生和神经学家费尔森博士磋商。迪奇·奥尔多斯的案例渐渐从报纸上消失了。

人们理所当然地认为,移植活的眼睛是可能的。其他事情的出现,吸引了我们的注意力——俄罗斯、氢弹、以色列、世界大赛——公众对"迪奇·奥尔多斯奇迹"的兴趣逐渐减少,人们已经消化了这桩大事件。

然而,这个故事并没有就此结束。作为理查德·奥尔多斯及其家人的老朋友,我有幸目睹了后来发生的事情。现在,既不会对谁造成伤害,可能还有一些好处,我觉得我有权利向公众简要介绍一下这些事情。

理查德·奥尔多斯是第三代百万富翁。他是有修养、敏感的人,喜欢收藏版画。他的妻子是他在卢卡遇见的意大利公主——也是一个非常高贵、十分讲究的女士。游客们常常惊讶于一个如此敏感、高贵的意大利贵族是如何生活在被污秽所包围的宫殿中。实际上,没有什么好奇怪的——解释就在三只智慧猴子身上,你可以在任何新奇店买到它们的雕塑。它们代表不看恶行，不说恶言，不听恶事——这样你就与人性脱离了关系。在极端情况下，提前在你身上喷上浓烈的香水，屏住呼吸，以免闻到丑陋气味。

因此，正如你可以想象的那样，五岁的小迪奇·奥尔多斯是一个一手由母亲抚养长大的孩子，他完全不知道世界上存在的丑陋。奥尔多斯家里的仆人不是随意雇佣来的，可以说是通过用放大镜仔细审查，精挑细选选来的——他们都来自欧洲，对奥尔多斯来说费用不是问题。迪奇的保姆是一个温柔的英国绅士女子。他从她那里听到的只能是老式的育儿儿歌，或许有点跑调，但是友好无害，而且所讲的故事，没有比那个关于猪不肯跳过篱笆的故事更危险的了。管家来自卢卡，她在六年前跟随她的女主人一起来到这里，随同而来的还有她的丈夫、管家。他们会说的英语都不超过两三个短语。奥尔多斯夫人的女仆贝阿特丽斯也是一个意大利女孩，是一名出色的缝纫工和发型师，但对英语一窍不通。实际上，她很少说任何语言，她更喜欢唱歌，这正是这个小盲童喜欢的。

在这，没有低俗的交往会玷污可怜的迪奇·奥尔多斯的良好品行。

然而，就在霍利德医生手术大获成功的一个月之后，某天，英国保姆从托儿所回来，通知孩子父亲小主人迪奇已经入睡，看见她有些异常的神态，孩子父亲问道："出什么事了吗，威廉姆斯小姐？"英国保姆瑞秋·威廉姆斯不愿意说，最终还是脱口而出——肯定有人在教小迪奇说脏话，但她想不出是谁在使坏。她不肯说出完整的脏话，怕脏了自己的嘴，在追问之下，只说了其中的片言只语。奥尔多斯开始笑了起来。

"威廉姆斯小姐，告诉我，奥尔多斯夫人的女仆叫什么名字？"

"贝阿特丽斯。"威廉姆斯小姐用意大利语的风格说道。

"她的昵称是什么？奥尔多斯夫人平常是怎么称呼她的？"

"比奇。"保姆说道。

"当迪奇第一次看见光明的时候，上帝保佑他，你告诉他光是从哪里来的？"

"怎么啦？奥尔多斯先生，是从太阳来的。"

"仔细思考一下，你就会明白，这些所谓脏话大部分来自哪里。"

尽管如此，在保姆吃晚餐的时候，奥尔多斯先生还是去了托儿所，他的儿子正在那里睡觉。在走进房间的时候，他遇到正匆匆走出房间的妻子，她显然快要哭了。她说："理查德，我们的孩子被鬼附身了！他刚才在梦中喊：'拜托，停下，你这个恶心的三明治！'他从哪里学来'停下'这个词的？"

她的丈夫让她去休息，说："亲爱的，小迪奇一下子不得不突然接受这么多的新感觉。这种新感觉的冲击可能与出生时的冲击一样。休息吧，亲爱的！"然后，他走进了托儿所，坐在孩子的摇篮旁边。

过了一会儿，迪奇·奥尔多斯在睡梦中不安地翻来覆去，用西部贫民区居民的口音说着话，在他父亲听来，分明是在说："啊，闭嘴！我不是那种会告密的家伙！"接着他从一边翻滚到另一边，嘴里嘟囔着，脸部奇怪地扭曲着，以至于他说话时，他的嘴唇却几乎没有动。迪奇·奥尔多斯用幼儿的语音说道："听着，这次别搞错了，你狗娘……"我不想照他发音原样记录下来，免得劳烦你的眼睛，或分散你的注意力。他又一通咒骂，这些话出自他的口中，其给人的震撼无法用语言来形容。与其说震撼，也许"可怕"是更恰当的用词。你知道其原因，更能理解这种震撼的感觉，但是恐惧是没有来由的。这就是为什么说它是可怕的，噩梦的精髓在于真相脱离了理智。

一般来说，理查德·奥尔多斯首先想到的是亨利·詹姆斯的小说《螺丝在拧紧》。这个天真无邪的孩子，怎么可能说出他简短的人生阅历中没有听过的话呢？现在奥尔多斯先生开始怀疑，医生们在私下里讲话用词随意。但是，转眼间，孩子的脸部表情变了，他紧张地低语道："多米尼克，你用 45 口径的，麦金尼斯，你用 38 蓝色短管的，为什么？我告诉你，大枪在像小多米尼克这样的矮子手里，看起来要大五倍。懂我的意思吗？而蓝腹枪在像麦金尼斯这样的大家伙手里，看起来危险多了。至于我，我拿这把鲁格手枪，人家一看，就知道是干事的。

不过，我们不要装弹，多米尼克，我们看看弹夹，麦金尼斯，把枪管拆开，很好！你有意见吗？多米尼克？好吧，我也有。我没有要成为蒙大拿州老大的野心，兄弟，他们会把你吊起来……虽然这样说不科学，就按我说的做吧。相信我，这些玩意就是做做样子的。时间就是我的武器。多米尼克，停下，让我感受一下45口径的枪，没有装子弹，让它保持这样。好吧，那么，我想这件事必须明确，从一开始就不要出差错，我们来重新理一遍……"

然后，迪奇·奥尔多斯不再说话，脸上恢复了常态，安详地睡着了。

奥尔多斯先生在楼梯上遇到了威廉姆斯小姐。"我担心死了。我怎么也想不出迪奇宝贝是从哪里学到'停下'这个词的。"她说道。

奥尔多斯先生说："威廉姆斯小姐，我想我会在他房间睡上几晚。"

奥尔多斯先生也是这么做的，确切地说，他是睡在保姆那张床上，大睁着眼睛，倾听着。他对迪奇在睡梦中说的话做了详细的记录，其中大多是视觉记忆，对于一个盲童来说，那都是他从来不可能经历过的。

"在米勒斯湾那边的岛上，有一大群棉口蛇。如果我带你去那儿，你会给我什么？什么？你没有见过棉口蛇？给我点东西，我带你去看。它是蛇，一种大毒蛇，它嘴里像塞满了棉花，毒牙比你手指更长。来吧，把你东西给我，我让你看棉口蛇。"迪奇说着，声音越来越难听。"……你什么意思？你什么都没有？你在浪费我的时间？甚至想学印第安人扭手腕技巧，这样你就可以打断一个成年人的胳膊？好吧，孩子，我免费教你……哦，疼吗？真可惜，再多用点力，你会疼一辈子的——就像这样……你还是没有东西，用来看那些纠结在一起的棉口蛇吗？哦，你会有的，对吧？你最好会有。你又多欠我一个十美分硬币，因为我教了你印第安人的扭腕技巧……不，先生，今天是不会给你看那些棉口蛇的，那只会浪费我的时间，我要等到你带给我二十美分，也许我还会带你去看天竺葵溪的菱形响尾蛇窝，否则，马拉基·韦斯特布鲁克——记住我说的——我会让你见识塞米诺尔人的颚钳子。它会让一个人的脑袋飞了。而且我会让你好好开个眼界，马拉基。是的，先生，我和泰迪·平奇贝克肯定会让你好看的！记住我的话，明天早上八点，在老华盛顿船屋碰头，带上查理·格林格拉斯。让他最好也带上二十美分，否则……"

奥尔多斯先生把所有这些都记录下来。凌晨三点左右，迪奇说："好吧，孩子们。你们付清了。没问题，我就借用三指迈克的小旧船，我和泰迪·平奇贝克会带你们和查理·格林格拉斯去看那些棉口蛇。只是听好了，你们这些孩子，我和泰迪·平奇贝克要带你们穿过燃烧的沼泽，一直划到米勒斯湾。这可得花费不少，对吧，泰迪？你没钱？那就弄到钱。别哭了，这让我紧张，不是吗，泰迪？当我紧张的时候，我有可能给你们演示一下印第安腰带擒拿术，这样你们一辈子都再也别想走路了。你们要记住我说的!"

迪奇那天晚上没有再说话。早上九点左右,奥尔多斯先生约见了一位名叫阿舍尔博士的心理学家。面对着全权委托和无解的难题,博士陷入了两难境地。他用模棱两可的措辞讲述了一大通心理学理论,其絮叨时间之长超出了人的耐心。但是,阿舍尔博士能说什么呢?小迪奇·奥尔多斯没有视觉可回忆,在他的脑海中也没有任何青少年的想象力可以借助。

奥尔多斯先生纯粹是出于偶然,遇到了一位名叫尼茨富特的中尉警探,他只是凭着一线希望向后者吐露了这个事情,仅仅因为尼茨富特曾经参与了鲁里克·邓肯案件。

警探说:"这很奇怪,奥尔多斯先生。让我们再从头说一遍。"

"我已经逐字逐句地写下来了,中尉。"

"如果您能让我复制一份,我会非常感激的,奥尔多斯先生。再说,我自己也有孩子。事实上,我的儿子曾经患过小儿麻痹症,因此我有经验,能做到和孩子们交谈而不会让他们心烦意乱。您会反对吗?我随意问一下——您会反对我和您的儿子聊聊天?"

"这样做的目的到底是什么?"奥尔多斯先生问道。

尼茨富特中尉说:"奥尔多斯先生,如果某个事情您还没有头绪,哦,是这样。在这种情况下,如果您明白我的意思,它甚至不在被理解的范围内。在一定程度上,您不再尝试去理解它。有时候,一些完全没有任何意义的东西,在黑暗中晃动着,就会触发一个开关,这就是一个谜。"

"我不明白你的意思,中尉。"

"我也不知道,奥尔多斯先生。但如果您愿意,我来给您指出一些要点:A——我对鲁里克·邓肯了如指掌。实际上我亲眼见证了他被电死的过程,而且他真是个可悲的表演者。B——我不想重提这些事情,但是您五岁的儿子,生来就是盲眼,通过霍利德博士,植入了鲁里克的一只眼睛。现在,C——这个孩子在逐字逐句、点点滴滴地复述发生在他出生前十六年、两千英里之外的事情细节!"

"哦,不可能,当然不是!"奥尔多斯先生叫嚷道。

"哦,是的,当然是这样,"中尉说,"而且地理位置还准确无误。更令人惊讶的是,您的儿子甚至准确地提到了一些从未听说过的人的名字,而这些人在他出生之前就已经去世了。您对此有何解释?泰迪·平奇贝克在大约十到十一年前,在一座教堂外被枪杀。那孩子真是个坏孩子。我从哪里得到这些信息?我这些信息是从马拉基·韦斯特布鲁克那里得到的,他现在是房地产经纪人。以前有一座老华盛顿船屋,而马拉基·韦斯特布鲁克正是拆除它,为韦斯特布鲁克码头腾出空间的那个人。查理·格林格拉斯经营着他已故父亲的商店。确实有一个迈克长着三个手指，但他突然消失了。的确有一个叫棉口蛇岛的地方，就在米勒斯湾的下游，交配季节时，那里成了一片蠕动的混乱。而且在您的儿子出生之前，鲁里克·邓肯确实曾经折断了马拉基·韦斯特布鲁克的胳膊。您怎么说？"

"这一点我不理解。"理查德·奥尔多斯说。

"我也不理解。您介意我陪孩子待一会儿吗？"

"不介意，中尉，不过他怎么可能知道棉口蛇呢？他从来没有见过。他从来没有见过任何东西，可怜的孩子。坦率地说，我和妻子也从未见过棉口蛇。我们根本不明白。"

"那么您不介意？"

"中尉，尽管去吧。"奥尔多斯先生说。

于是尼茨富特开始行动。换句话说，他放弃了两个星期的休假，在迪奇睡觉的时候，他就坐在床边静静地听着。奥尔多斯夫人陷入了神经崩溃的状态，因此她丈夫也只有一半时间在现场。但他见证了迪奇·奥尔多斯说的那些话——在后来的日子里，一位正式的速记员也见证了——迪奇·奥尔多斯的话最终被称为"谵妄之语"。

首先，孩子左右挣扎。警探觉得他似乎在试图挣脱什么，他像是陷入了一个噩梦中。他的体温升到华氏103度，然后他说："看，孩子们，情况是这样的。潘保持发动机运转。从一开始就记住这一点，潘。

小乔在按铃下面塞上一根牙签。我来加热。好吗？好吗！"

尼茨富特中尉明白这是什么意思。因为那个脸部严肃而被称为潘的人是几个黑帮分子的司机。小乔·里卡多是一名持枪歹徒的助手，他试图在大团伙中立稳脚跟。而他所理解的加热，是针对一个名叫麦克特克的工会领袖，而鲁里克·邓肯曾因谋杀麦克特克而受审，但由于缺乏证据而被无罪释放。

麦克特克在自己的家门口被枪杀。街上响起的不是枪声，而是麦克特克家响个不停的门铃声，有人在门铃下面塞了一根牙签。

但是所有这些发生在迪奇·奥尔多斯出生至少八年前……

"这事我真弄不太明白。"尼茨富特中尉说。

"这里确实有一些非常奇怪的地方，"奥尔多斯先生说，"但我不希望让孩子受到骚扰。"

"我没有打扰孩子，奥尔多斯先生，是孩子在打扰我。上天作证，我一句话都没说过。甚至没抽烟！全都是孩子在说，格雷戈里用机器记录了下来。相信我告诉您的，这里有蹊跷之处。您的小男孩详细地谈到了麦克特克的事情。请告诉我，奥尔多斯先生，您还记得麦克特克事件的细节吗？"

"我只能说我不清楚，中尉。"

"那孩子怎么知道的？"

"我已经对你们的人说了一千次：我儿子不可能听说过你们一直念叨的那些人或事。"

"我知道这不可能，奥尔多斯先生。我们这是私下交流，而且是占用我自己的时间。这您明白的，对吧？"

"这是一个非常特殊的情况，中尉。"

"您说得对。"

"你知道吗？鲁里克·邓肯的眼睛已经移植了，连同视神经，就好像这个孩子实际上是通过鲁里克·邓肯的视神经在看！"奥尔多斯先生用一种超然事外的热情说道，让这位警探感到厌恶。

"似乎就是这样。"中尉说。

"但是怎么可能呢？"

"去问医生吧，别问我。"

而霍利德医生的确是那个男孩最后一次也是最重要的一次说话的第四位证人，也是他把鲁里克·邓肯的右眼移植到这个孩子的眼眶里。就像以前一样，这件事发生在凌晨两点到三点之间。

迪奇说道："现在听好了。你，多米尼克，听好了。还有你，麦金尼斯，你之前听过了？那现在再听一遍。我要的就是这样，而且就是要这样，多米尼克，你总是动不动就开枪。首先，枪里不要装弹药，我要这些枪是冷冰冰的。有一件事情我不允许发生，那就是绞刑，在蒙大拿，他们会把你吊在绳子上，千万别忘了。第二，掌握好我的时机，你们就不会出错。交通灯时机上不出差错。记住，这是二百五十万的小面额钞票，比你们更厉害的人，为了更少的钱都送了命。我叔叔盖比被野猪咬伤了腿死了，这种死法更有趣。第三，装甲车的短途运输，以及在岩石间的快速藏钱，路线地址都明白了吧？第四，快速分散。有人可能受伤。我们都要处理好。好了吗？我再说一遍——"

这时，奥尔多斯先生被兴奋冲昏了头脑，激动地叫道："钱藏在哪里？我们把它放在哪里了？"

迪奇在梦中嘲笑道："你怎么说'放在哪里了'？我们还没有放呢。'我们'又是谁？我已经告诉过多米尼克和麦金尼斯，不要再提'我们'，把'我'字烧掉，再用鼻子闻一闻，先生。我们别吵了，我想你必须闭上嘴，否则你做不了警察。好吧，你想知道钱在哪里？我来告诉你，钱在蒙大拿。写下来了吗？蒙大拿。在比尤特，它将装在一辆大型装甲卡车里。然后去了哪里？"孩子笑得特别难看，"我很乐意告诉你，先生，在蒙大拿的某个地方，我把钱藏起来的时候，你只要抓就是了。迪金思先生，好吗？"

奥尔多斯先生轻声说道："那个地方检察官不是叫迪金思吗？他向鲁里克·邓肯提出，只要他说出被盗的钱的下落，就饶他一命。"

尼茨富特中尉苦涩地回答说："是的，看在上帝的分上，你就闭嘴吧。让你这么一说，那二百五十万美元就泡汤了。而我在这里像石头一样坐了十五天，到了最后，你非得闯进来，张开你的臭嘴乱说一通。"

奥尔多斯先生深受伤害，他说："我儿子对我总是有问必答的。"

中尉轻蔑地看着他，小心控制着声音说："是的，奥尔多斯先生。你儿子总是对你的声音有回应，但该死的是，说话的不是你儿子，而是鲁里克·邓肯！那是鲁里克·邓肯在卡车被抢、钱被藏之前，在给多米尼克和麦金尼斯吩咐事情。我叫你像我一样安静，我求你像我一样闭嘴，但是，你不听，你的儿子总是对你的声音有回应，你的声音是世界上最昂贵的——把二百五十万美元的十分之一说没了！"

他们在幼儿床边坐到天亮。迪奇·奥尔多斯已经退烧，他满头大汗，在睡梦中不再说话。

当他醒来时，他的父亲坚信自己的声音能引起失明儿子的回应。他说："好了，亲爱的迪奇，给爸爸讲讲蒙大拿的事情。"

"我想看蓝色。"迪奇说。他全神贯注于一只红色无毒泰迪熊的颜色和形状，而他以前只知道它的质地。

从那天起到现在，他再也没有提到过蒙大拿。对于在霍利德医生手术之前所发生的事件的记忆，正从他的大脑中迅速消失。霍利德医生不时地造访这所房子，他提出了一个半吊子的理论，认为由于某种无法解释的过程，再生的神经组织充满了电，只有当组织交织时，才保留和传达鲁里克·邓肯的视觉记忆。在成人生活中，它可能会重新恢复，另一方面，也可能不会恢复。

被奥尔多斯先生视为"人物"的尼茨富特中尉每隔一个周日，就会来一次。他喜欢和小男孩一起玩。是他对我说："这是非正式的聊天，不记录在案，我很喜欢观察。当我还是个新手的时候，我学会了观察人而不让人察觉。我可以告诉你，当那孩子认为自己没有被观察时，他的眼神非常有趣。他现在七岁了。我九年后退休。你可以说我疯了，但请相信我。等那孩子长大了，有了自己的汽车，独自去度假，不管他走到哪里，我都会跟着他。"

事情暂时到此为止。

**图书在版编目（CIP）数据**

怪事连连 /（英）杰拉尔德·克尔什著；郑国庆译.
上海：上海文艺出版社，2024. -- （域外故事会社会悬疑小说系列）. -- ISBN 978-7-5321-9068-3

Ⅰ. I561.45

中国国家版本馆 CIP 数据核字第 2024RR4095 号

## 怪事连连

著　　者：［英］杰拉尔德·克尔什
译　　者：郑国庆
责任编辑：蔡美凤　吴　艳
装帧设计：周　睿
责任督印：张　凯

出版：上海文艺出版社
出品：上海故事会文化传媒有限公司
（201101 上海市闵行区号景路 159 弄 A 座 3 楼 www.storychina.cn）
发行：上海文艺出版社发行中心
（上海市闵行区号景路 159 弄 A 座 2 楼 206 室）
印刷：上海中华印刷有限公司
开本：889 毫米 x1194 毫米　1/32　印张 6
版次：2024 年 9 月第 1 版　2024 年 9 月第 1 次印刷
ISBN：978-7-5321-9068-3/I.7135
定价：30.00 元

版权所有·不准翻印

想看更多精彩故事？
扫码下载故事会 APP

上海故事会文化传媒有限公司出品（01190）www.storychina.cn

上海故事会文化传媒有限公司所有图书可办理邮购，免收邮费（挂号除外）
汇款地址：上海市闵行区号景路 159 弄 A 座 2 楼 206 室（201101）
收款人：上海故事会文化传媒有限公司出版发行部
联系电话：021-53204159
如发现本书有质量问题，请与印刷厂质量科联系 T：021-60829062